Fritz Skowronnek

Der Mann von Eisen

Roman aus Ostpreußens Schreckenstagen

Fritz Skowronnek: Der Mann von Eisen. Roman aus Ostpreußens Schreckenstagen

Erstdruck: Berlin, Janke, 1915.

Neuausgabe
Herausgegeben von Karl-Maria Guth
Berlin 2017

Umschlaggestaltung von Thomas Schultz-Overhage

Gesetzt aus der Minion Pro, 11 pt

Verlag: Henricus - Edition Deutsche Klassik GmbH
Mörchinger Str. 33, 14169 Berlin, info@henricus-verlag.de
Druck: Libri Plureos GmbH, Friedensallee 273, 22763 Hamburg

ISBN 978-3-7437-0517-3

Bibliografische Information der Deutschen Nationalbibliothek

Die Deutsche Nationalbibliothek verzeichnet diese Publikation in der Deutschen Nationalbibliografie; detaillierte bibliografische Daten sind im Internet über www.dnb.de abrufbar.

1.

Stürmisch wie ein siegreicher Eroberer war der Frühling ins Land eingebrochen. Lang genug hatte ihm der Winter getrotzt. Auf den Bergen Masurens hatte er sein Reich aufgerichtet und mit einem meterhohen Schneewall umschanzt ... und die tiefen Seen hatte er mit einer fußdicken Eisschicht belegt. Unruhig zogen die Fische in der Dämmerung hin und her und warteten voll Sehnsucht auf den Helden, der die Decke über ihren Häuptern wegfegen sollte. Aber die treuen Diener des Eisriesen, der kalte Nordwind und der scharfe Ostwind, hielten gute Wacht ... Da endlich stürmte es von Süden heran ... ein warmer, feuchter Südwest bedeckte den Himmel mit schweren, dunklen Wolken ... Unter seinem Hauch erwachte das Wasser zu neuem Leben ... Der Schnee wurde seinem Meister abtrünnig und schlug sich zu dem neuen Gebieter.

Zuerst rieselten nur handbreite Rinnsale von den Bergen herab bald waren die Gräben gefüllt und wurden zu strömenden Bächen ... Gurgelnd und schäumend schoss die trübe Flut talwärts und staute sich in den Mulden des Ackers zu Weihern ... Es dauerte nicht lange, da kam auf den Bergkuppen der schwarze Boden zum Vorschein, und am nächsten Morgen schon trippelte dort die Lerche umher, schwang sich in die Luft und sang dein Befreier des Landes ein Loblied ...

Was der Südwest übergelassen, verzehrte ein warmer Regen ... und das lebendig gewordene Wasser sank hinab zu den Wurzeln der Bäume und Sträucher und stieg in ihnen empor zu den Knospen, dass sie sich dehnten und wuchsen ... Dann kam die Sonne hinter den Wolken hervor und freute sich über den Eifer, mit dem ihr Töchterchen sich für den Geliebten schmückte ...

An der Grenze zwischen Andreaswalde und Dalkowen hielt ein Reiter auf stattlichem Ross ... ein schmucker, junger Mann mit blauen Augen und hellem Haar. Die kaum mittelgroße Gestalt schien nur aus Muskeln und Sehnen zu bestehen; die selbstbewusste Ruhe und Sicherheit, die von dem Reiter ausging, hatte sich auch seinem Ross mitgeteilt. Wie eine Bildsäule stand der prächtige Goldfuchs. Nur ab und zu warf er mit einer kurzen Bewegung den Kopf auf ...

Der Reiter bog sich vorn über und strich ihm liebkosend über die glatte Seite des Halses.

»Ein Weilchen wollen wir noch warten, mein alter Potrimpos, vielleicht kommt sie doch noch ... Was habe ich gesagt? Da kommt sie auch schon ...«

Eben bog aus dem Tor von Andreaswalde eine Reiterin ... eine zierliche, elegante Erscheinung. Mit einem glücklichen Lächeln sog Wolf Stutterheim das Bild in sich ... die schlanke Gestalt auf dem edlen Ross, das unter ihr tänzelte ... Nun ließ er auch seinen Fuchs angehen und ritt ihr entgegen.

»Guten Morgen, Hanna, ich dachte mir, dass der warme Sonnenschein dich herauslocken würde ...«

»Guten Morgen, Wolf ... wie geht es deinem Mütterchen?«

»Danke, gut ... sie hat nur einen großen Zorn auf eine gewisse Hanna Brettschneider, die sich seit vierzehn Tagen bei ihr nicht hat sehen lassen.«

»Hinter dem Vorwurf wird wohl auch ein Wölflein stecken.«

Er lachte sie mit einem Anflug von Verlegenheit aus seinen treuen Augen an wie ein großer Junge, der auf einer heimlichen Zigarette ertappt wird.

»Du bist ja gefährlich klug, Hanna, aber diesmal habe ich ausdrücklichen Befehl von meiner Mutter, mich in Andreaswalde zu erkundigen, ob du noch lebst ...«

»Das ist etwas anderes. Na, dann will ich heute Nachmittag meine Unterlassungssünde wieder gutmachen und mich in Dalkowen zum Kaffee einfinden.«

Im Schritt gingen die Pferde nebeneinander ...

»Ach, wie habe ich mich diesmal nach dem Frühjahr gesehnt!«, sagte Hanna so recht warm aus tiefster Brust.

»Der Winter war auch zu abscheulich. Übrigens, Wolf, wie gefällt dir meine Odaliske?«

»Gut, ausgezeichnet! Der Kopf ist wie vom Bildhauer gemeißelt; nur das Gangwerk ist doch vielleicht etwas zu feinknochig.«

»Du, die hat Knochen wie Elfenbein.«

Wolf nickte.

»Das wollen wir hoffen. Weißt du aber auch, wieviel sie gekostet hat?«

Hanna lachte laut auf ...

»Selbstverständlich! Viertausend Gulden hat der Vater bezahlt … Das ist sie unter Brüdern wert. Aber einem geschenkten Gaul sieht man bekanntlich nicht ins Maul.«

Über das Gesicht des Reiters flog wie eine leichte Wolke ein ernster Schein. Nur das Auge leuchtete daraus so herzlich warm.

»Nein, Hanna. Und ich verstehe es vollkommen, dass du dich über das kostbare Geschenk deines Vaters von Herzen freust … aber du hättest dich gewiss über eine Trakehnerin für tausend Gulden ebenso gefreut …«

»Was soll das heißen, Wolf? Willst du mir die Freude an dem edlen Tier vergällen, oder«, sie stockte ein wenig, »willst du damit sagen, dass mein Vater nicht in der Lage ist, mir solch ein teures Pferd zu kaufen?«

Wolf streckte seine Hand aus und strich ihr leise über den Arm.

»Hanna, darf ich wie ein älterer Bruder zu dir sprechen? Ich liebe und verehre deinen Vater, als wenn er mein eigener wäre. Ich bin mit euch und zwischen euch wie ein Bruder aufgewachsen.«

»Das sind doch bekannte Tatsachen. Wozu die Vorrede, Wolf? Willst du etwa meinen Vater tadeln, dass er mir ein so wertvolles Geschenk gemacht hat?«

Mit einem leichten Druck trieb sie ihr Pferd zum Trab an. Schweigend ritt Wolf an ihrer Seite, bis der nasse Weg die Pferde wieder in Schritt fallen ließ.

Jetzt begann Wolf wieder zu sprechen, und seine Stimme klang ruhig, aber stahlhart.

»Du machst es mir schwer und willst, wie es scheint, nicht hören, was ich dir zu sagen habe. Ich muss dich aber bitten, mich anzuhören, weil mich die Pflicht meines Gewissens treibt, dir die Augen zu öffnen … Ich habe lange gezaudert und bin mit mir zu Rate gegangen, ob ich es tun soll oder nicht. Ich muss es tun, selbst auf die Gefahr hin, dass du mir zürnst.«

»Na, dann schieß' schon los.«

»Du willst es mir augenscheinlich schwer machen, aber ich kann wirklich keine Rücksicht nehmen. Du bist die Älteste, bist vor wenigen Wochen zwanzig Jahre alt geworden und trägst als die Älteste ein gut Stück Verantwortung für deine jüngeren Geschwister. Ich möchte dir deshalb nahelegen, dich um die Meierei zu bekümmern.«

Hanna lachte laut auf.

»Und dazu hast du die feierliche Einleitung gebraucht?«

»Bitte, Hanna, lass' mich ausreden. Ich bin drei Jahre als Eleve und Wirtschaftsführer in eurem Hause gewesen. Ich weiß, was die Meierei unter tüchtiger Leitung bringt und bringen muss. Und gestern sagte mir dein Vater, dass die Meierei im Monat fünfhundert Mark weniger bringt als früher. Ich bin mir über die Ursache nicht im Zweifel. Eure Meierin ist ein dickes, faules Frauenzimmer, das aufgehängt zu werden verdient ...«

»Sollte die Strafe nicht etwas zu hart sein?«

Die leichte Ironie der Antwort ließ Wolf auflachen.

»Nein, Hanna! Geviertelt müsste sie werden, weil die berühmte Maiblüte von Andreaswalde durch ihre Schuld so weit heruntergekommen ist, dass der Zentner zehn Mark weniger bringt als gewöhnliche Tischbutter.«

»Das ist allerdings sehr betrübend. Aber weshalb dringst du nicht bei meinem Vater darauf, dass er die unfähige Person entlässt und eine bessere annimmt?«

»Ach was, einen Deuwel lässt man laufen und zehn bekommt man wieder. Nein, du musst dich darum kümmern, dass die Milch richtig ausgeschleudert wird, dass die Gefäße sauber sind, dass die Butter nicht zwei Tage liegt, ehe sie in Fässer geschlagen wird ...«

»Ich, Wolf? Ich?«

»Ja, du, die älteste Tochter ...«

Mit einer komischen Miene zog Hanna die Schultern bis zum Kopf hinauf.

»Weißt du auch was du von mir verlangst? Dass ich des morgens um vier oder noch früher aufstehen müsste ...«

»Ist das zu viel, Hanna, wenn es sich um das Wohl und Wehe deiner Familie handelt?«

»Lieber Wolf, du schießt diesmal, wie ich glaube, mit Kanonen nach Sperlingen.«

»Die Sperlinge sind so groß, dass es sich schon lohnt, nach ihnen zu schießen ... und es wäre auch für dich, als zukünftige Frau eines Landwirts, wünschenswert, wenn du in dem Gebiet, das der Frau untersteht, Bescheid wüsstest ...«

Jetzt lachte Hanna laut auf.

»Wie kommst du darauf, dass ich einen Landwirt heiraten werde? Nein, Wölflein, das ist eine ganz falsche Voraussetzung von dir. Ich denke nicht daran, mich für mein ganzes Leben auf dem Lande zu vergraben. Du weißt, ich liebe die Musik, ich liebe alle schönen Künste, ich will in der Stadt leben, wo ich alles genießen kann, was mein geistiges Leben befruchtet ... an der Seite eines hochgesinnten Mannes, der mich versteht und mich meinen Neigungen folgen lässt ...«

Wolfs Gesicht hatte einen eisernen Ausdruck angenommen. Er nickte, während sie sprach, als würde ihm etwas bestätigt, was er schon längst wusste ...

Als sie schwieg, nickte er noch einmal.

»Was du unter dem Ausleben verstehst, weiß ich nicht. Das ist mir zu hoch und zu modern. Du müsstest aber für diesen Zweck mindestens einen höheren Beamten heiraten oder einen Offizier.«

»Das will ich, und das werde ich hoffentlich auch ... Ich bin hübsch, das hat man mir oft genug gesagt, und habe viele Verehrer ...«

»Ja, Hanna, du bist nicht nur hübsch, sondern bist ein schönes, reizendes Mädchen. Du wirst umschwärmt wie eine blühende Linde von den Bienen, aber hast du mit deinen zwanzig Jahren schon einen ernsthaften Bewerber gehabt? ... Soviel ich weiß, noch nicht ... Ich werde dir auch den Grund sagen. Was denkst du denn, dass ihr vier Schwestern jede an Mitgift zu erwarten habt?«

»Was soll das heißen, Wolf? Die Mutter hat allein zweihunderttausend mitgebracht, und eben soviel wird doch aus Andreaswalde herauskommen.«

»Es tut mir leid, dass ich dir diesen Glauben zerstören muss. Deshalb habe ich heute auf der Grenzscheide auf dich gewartet. Hanna, ich habe das Zutrauen zu dir, dass du als älteste Tochter, wenn ich dir die Augen öffne, eingreifen und selbst für deine Zukunft und die Zukunft deiner Geschwister sorgen wirst. Die Mitgift deiner Mutter ist nicht auf Andreaswalde eingetragen. Stattdessen sind mehrere kleine Hypotheken aufgenommen und eingetragen worden. Gerade jetzt hat dein Vater wieder fünfzig Mille aufgenommen ... Das Geld wird verläppert ... Da wird an der Stelle der alten Mühle eine Turbine gebaut, die für das Gut Kraft, aber in erster Linie elektrische Beleuchtung liefern soll. Auch dein Reitpferd ist von geborgtem Geld gekauft.«

»Weshalb musst du mir das alles sagen, und gerade heute, wo ich mich zum ersten Mal an dem herrlichen Pferd erfreuen will?«

»Es muss sein, Hanna. Wenn Andreaswalde heute günstig verkauft wird, können hundert Mille Überschuss bleiben. Die Zinsen würden gerade hinreichen, um in einer Kleinstadt sehr bescheiden zu leben.«

»Und du meinst … ich nehme an, dass das alles wahr ist, was du mir sagst, dass ich durch die Meierei diese Entwicklung aufhalten könnte …?«

»Nein, Hanna, aber du könntest bremsen … Ihr habt jeden Tag Gäste im Hause, das kostet Geld. Ihr habt ein halbes Dutzend Reitpferde im Stall, ihr habt ein Auto … Jawohl Hanna, eins kommt zum andern. Dein Vater ist ein guter und fleißiger Wirt, aber wenn die Ausgaben fortdauernd die Einnahmen übersteigen dann kann die Herrlichkeit hier nicht mehr lange dauern.«

Hanna schüttelte den Kopf und warf die Arme nach hinten, als wollte sie alles von sich werfen, was sie eben gehört hatte …

»Ach Wolf, mach' mir das Herz nicht schwer! Glaubst du, dass sich der Zuschnitt unserer Wirtschaft von heute auf morgen ändern lässt? Sprich mit meinem Vater darüber … oder sprich nicht … mich wirst du nicht umkrempeln … Ich kann nicht und ich will nicht im groben Hauskleid morgens um drei zum Melken gehen … Damit lass' mich ungeschoren … Ich bin jung und will mein Leben genießen …«

»Und dann?«

»Dann heirate ich einen guten Menschen, der mich auch ohne Mitgift nimmt. Ich glaube, es gibt solche Männer auf der Welt …«

Ein schalkhafter Blick streifte den Reiter neben ihr, der jetzt nicht nur ernst, sondern auch traurig aussah.

»Mach' nicht solch ein Gesicht wie ein strafender Schulmeister. Mir prickelt heute das Blut in den Adern … heute ist heut'! Los! Greif mich, Wölflein …«

Sie gab ihrem Pferd den Sporn und schnalzte mit der Zunge. Wie ein Pfeil schoss die Stute mit ihr davon, dass aus dem grasbewachsenen Weg das Wasser aufspritzte. Wolf hatte seinen Fuchs aus dem nassen Wege hinter ihr auf den Grasstreifen gelenkt. Jetzt griff auch sein Gaul aus … und mit der Bewegung kam ihm die Lust.

Sein Auge haftete mit Wohlgefallen an der schlanken Gestalt, die vor ihm dahinflog … Was er noch eben empfand an trauernder Missbilligung, war im Augenblick geschwunden … Er sah nur das herrliche Mädchen, getragen von der Lebenslust ihrer jungen Jahre … das Mädchen, das er treu im Herzen trug schon von den Jahren an, wo sie als Backfisch mit langen Hängezöpfen munter vor ihm herumsprang …

Er brauchte seinen Fuchs gar nicht aufzumuntern … von eigenem Ehrgeiz getrieben, stürmte er der Stute nach …

Jetzt machte der Weg eine scharfe Biegung nach links. Geradeaus lag ein breiter Graben, bis zum Rande mit Wasser gefüllt. Dahinter ein Stangenzaun, mannshoch, um das Vieh, das zur Weide getrieben wurde, von dem Acker abzuhalten …

»Vorsicht, Hanna!« rief er, so laut er vermochte.

Aber sie schien das Hindernis nehmen zu wollen. Zur Antwort hob sie die Hand mit der Rute … ein leichter Schlag, ging auf das. Pferd nieder … Mit einem heftigen Ruck parierte Wolf seinen Gaul. Sein Herzschlag setzte für einen Augenblick aus … Hannas Stute verlor, wie er deutlich sah, schon im Ansprung von dem weichen Boden an Kraft … Mit einem Vorderbein kam sie noch über den Zaun, das andere schlug hart gegen die oberste Stange … Die Reiterin flog in weitem Bogen aus dem Sattel in den weichen Acker … Das Pferd überschlug sich und blieb stöhnend liegen.

2.

Wolf hatte das Unheil kommen sehen. In demselben Augenblick war er vom Gaul gesprungen, hatte mit kurzem Anlauf den Graben überflogen und sich über den Zaun geschwungen. Mit zwei Sätzen war er bei Hanna, die regungslos und ohne Bewusstsein auf dem Gesicht lag. Ohne zu zögern, schob er seinen Arm unter ihre Brust und hob sie etwas empor. Unwillkürlich strich seine linke Hand zärtlich liebkosend über ihr reiches, schwarzes Haar, von dem sich das Hütchen gelöst hatte.

»Hanna, du leichtsinniges Mädchen! Hast du dir weh getan?«

Sorgsam, aber schnell betastete er ihre Arme, sie schienen heil zu sein. Dann zog er sein Taschentuch und wischte ihr das Gesicht ab … Voll scheuer Zärtlichkeit sah er auf das liebe Gesicht, das im jähen Schreck erstarrt zu sein schien. Neben ihm bewegte sich das Pferd und stöhnte jammervoll. Er wandte den Kopf.

Das edle Tier hatte den rechten Vorderfuß über dem Knie gebrochen. Ein spitzes Knochenende hatte die Haut durchbohrt … Mit menschlichem Ausdruck in den schönen Augen schien die Stute seine Hilfe anzuflehen.

Er biss die Zähne zusammen, dass sie knirschten.

»Auch das noch ... armes Tier! Das ist ein teurer Spaß geworden, Hanna! Ach was! Wenn du dir nur nichts geholt hast.«

Nun schob er auch seinen linken Arm unter ihren Körper und hob sie auf. Schritt für Schritt rang er sich durch den zähen, weichen Boden, in den er fast bis zu den Knien einsank, am Zaun entlang, bis zu einer kleinen Bohlenbrücke, die über den Graben führte. Gehorsam wie ein Hund ging Potrimpos auf dem Wege mit ihm mit und stand still, als Wolf mit seiner Last auf ihn zutrat.

Vorsichtig hob er Hanna auf und schob ihren Oberkörper über seine linke Schulter. Dann suchte er mit dem Fuß den Bügel und hob sich mit seiner Bürde in den Sattel.

»Trab, Potrimpos ... wir müssen machen, dass wir nach Hause kommen ...«

Jetzt erst fühlte er die Schweißtropfen auf seiner Stirn und gleichzeitig die Nässe und Kälte, die von Hannas Kleidern auf ihn eindrang. Der Fuchs schnob und kochte.

»Hilft nichts, mein Alter, wir müssen uns beeilen.«

Der Gaul warf den Kopf auf, als hätte er seinen Herrn verstanden und schlug eine schärfere Gangart an.

Auf dem Gutshof herrschte geschäftiges Leben.

Ein Dreschsatz war in voller Tätigkeit ... dabei stand gerade die jüngste der vier Schwestern, ein kraushaariger Blondkopf von zwölf Jahren. Sie kam über den Hof gelaufen, als Wolf vor der Veranda hielt.

»Wolf, was ist mit Hanna geschehen?«

»Nichts Schlimmes, Gretel, wie ich hoffe. Ein ungefährlicher Sturz in den weichen Acker. Mach' mir schnell die Tür auf, und nun spring' in die Küche und hol' ein paar Margellen, bringt auch eine Schüssel warmes Wasser mit.«

Auf der Diele trat ihm Christel entgegen, die zweite Tochter, größer und stattlicher als ihre ältere Schwester.

»Frag' nicht, Christel, führ' mich zu Hannas Zimmer ...«

Er hatte seine Bürde auf einen Diwan niedergelegt und strich ihr sanft mit der Hand über das kalte Gesicht ...

»Kleide sie aus, wasch' sie ab und bringe sie zu Bett. Hoffentlich ist nichts gebrochen. Wenn sie aufwacht, gebt ihr heißen Fliedertee. Ich bleibe unten, bis du mir Bescheid bringst, ob alles in Ordnung ist ...«

Der Gutsherr saß gemütlich mit Pfeife und Schlafrock in seinem Arbeitszimmer und las die Zeitungen.

»Wolf, mein Junge, wie siehst du aus? Hast du dich im Dreck gewälzt?« rief er dem Eintretenden entgegen.

»Nein, Onkel, ich habe mich von Hanna abgefärbt, die sieht noch etwas dreckiger aus.«

»Wieso? Weshalb?«

»Weil sie vom Gaul in den knietiefen Sturzacker hinter dem Roggenschlag gefallen ist. Da habe ich sie aufgelesen und nach Hause gebracht ...«

»Wolf, doch nichts Schlimmes?«

»Ich hoffe nicht, Onkel, die Christel hat sie schon oben in Behandlung ... Aber die schöne Stute ist zum Deuwel. Sie hat den rechten Vorderfuß gebrochen. Der Inspektor muss sofort rausreiten und sie durch einen Schuss erlösen ...«

Der Gutsherr schüttelte langsam den Kopf hin und her.

»Wie ist das gekommen?«

»Aus reinem Übermut, Onkel. Hanna wollte den Graben mit dem Zaun dahinter nehmen. Die Stute kam im Sprung schlecht ab und schlug gegen die oberste Stange ...«

»Warst du denn dabei?«

»Freilich ... Wir ritten gemütlich nebeneinander, da jagte Hanna plötzlich los, und ehe ich es hindern konnte, war das Unglück geschehen.«

Kopfschüttelnd ging der Gutsherr vor die Tür, um den Inspektor zu rufen. Wolf ging unruhig im Zimmer auf und ab. Nach einer Weile tat sich die Tür auf und die Gutsherrin trat herein. Eine stattliche Dame, die ihren Gatten um gut einen halben Kopf überragte.

»Was ist das für eine dumme Geschichte mit der Hanna? Warst du nicht dabei?«

»Allerdings, Tantchen. Ich habe sie ja nach Hause gebracht.«

»Wie kann denn das in deiner Gegenwart passieren? Konntest du der Stute nicht in die Zügel fallen?«

»Wenn das ein Vorwurf sein soll, liebe Tante Adele, dann muss ich ihn ablehnen. Ich denke, du weißt, dass ich Hanna jederzeit behüten möchte wie meinen Augapfel.«

»Ein tolles Mädel ... Zur Strafe werde ich sie acht Tage nicht reiten lassen.«

»Das wird sich von selbst verbieten, die Stute hat das Bein gebrochen und muss erschossen werden.«

»Auch das noch!«

»Möchtest du nicht nachsehen, Tante, ob Hanna unverletzt ist, damit im Notfall sofort nach dem Arzt geschickt werden kann?«

»Nein, Wolf, das besorgt die Christel viel besser als ich.«

»Aber die tiefe Bewusstlosigkeit, Tantchen, ist die nicht bedenklich?«

Frau Brettschneider lächelte und zuckte die Achseln.

»Du musst deine Ungeduld schon etwas zügeln, lieber Wolf. Wie geht es deiner Mutter?«

»Wie immer, Tantchen ... Sie fährt mit ihrem Stuhl im ganzen Hause umher und kommandiert das Ganze. Du weißt doch, dass die Lähmung nur die Folge einer starken Erkältung ist, die sie sich um diese Zeit im Frühjahr durch einen Sturz in den Graben zugezogen hat?«

Die Frau sah dem jungen Mann lächelnd in das ehrlich bekümmerte Gesicht.

»Ja, Wolf. Das ist aber ein sehr seltener Ausnahmefall, und du kannst dich darauf verlassen, dass für Hanna alles getan wird, was nötig ist.«

Erwartungsvoll schauten beide nach der Tür, durch die eben Christel eintrat.

»Alles in Ordnung«, rief sie schon von der Tür aus. »Einen gräulichen Schnupfen wird sie sich geholt haben, weiter nichts. Sie niest schon ganz tapfer und trinkt gehorsam heißen Fliedertee ... Sie lässt dir vielmals für deine Hilfe danken und fragt nach ihrer Odaliske.«

»Die ist leider bei dem Sprung verunglückt und muss erschossen werden.«

Über Christels Gesicht flog ein Schatten von Zorn, und ihre dunkelblauen Augen blitzten auf.

»Ach ... das ist aber doch entsetzlich. Wie kann Hanna bloß so leichtsinnig sein?«

»Du würdest solch einen tollen Streich nie fertig bekommen«, meinte die Mutter mit leisem Spott im Ton.

»Nein, Mutter, das würde ich wirklich nie fertig bekommen. Dazu bin ich, obwohl ich jünger bin, viel zu bedachtsam – – ich hätte sicherlich daran gedacht, wie teuer das Pferd ist ...«

Sie drehte sich kurz um.

»Wolf, mach', dass du nach Hause und in trockne Kleider kommst ... Grüß' dein Mütterchen herzlich von mir ...«

Sie reichte ihm die Hand und ging hinaus.

»Nun wird Hanna eine gründliche Strafpredigt bekommen«, lachte Frau Brettscheider.

»Das schadet nichts, Tantchen, die hat sie reichlich verdient ... Grüß' den Onkel, er wird wohl selbst aufs Feld geritten sein ... Ich muss wirklich machen, dass ich nach Hause komme, mir wird auch kalt ...«

Geduldig wartend stand Potrimpos vor der Tür.

Wolf klopfte ihm, ehe er aufstieg, den Hals ...

»Es ist alles in Ordnung, mein Alterchen, und du hast auch dazu beigetragen. Das war ein tüchtiges Stück Arbeit, was du geleistet hast ... Nun wollen wir nach Hause.«

Eine halbe Stunde später trat Wolf, nachdem er sich umgezogen, in das Wohnzimmer, wo seine Mutter in ihrem Rollstuhl am Fenster saß. Zärtlich beugte er sich zu ihr, küsste ihr den eisgrauen Scheitel und die fleißige Hand, die emsig an einem Deckchen stickte. Ein wunderbar durchgeistigtes Gesicht hob sich ihm entgegen. Darauf stand neben scharfer Klugheit die mild abgeklärte Ruhe des Alters und ganz leise angedeutet ein Schein von sanfter Ergebung in das Schicksal, das sie der Bewegungsfreiheit beraubt hatte. Jetzt leuchtete darauf nur die Mutterliebe ...

»Na, wie steht es draußen, mein Sohn?«

»Gut, Mütterchen, gut! Sonne und Wind werden in wenigen Tagen mit der Nässe fertig werden, und dann geht's an die Arbeit ... Ich habe eben die Nachricht vorgefunden, dass die russischen Schnitter heute ankommen. Ich muss nachher in das Schnitterhaus gehen.«

»Es ist alles vorbereitet, mein Sohn, aber es ist gut, wenn du noch mal nachsiehst ... Weshalb hast du dich aber umgezogen?«

Wolf lachte.

»Du siehst aber auch alles, Mutter. Ich war etwas nass geworden ... Brauchst mich nicht so forschend anzusehen, ich bin ja schon dabei, dir alles zu erzählen. Also: Hanna ist mit ihrer Stute gestürzt. Es ist alles gut abgelaufen, sie fiel in den weichen Sturzacker und wurde wohl infolge des Schrecks und der Nässe ohnmächtig. Da habe ich sie aufgehoben und nach Hause gebracht ... Jetzt schwitzt sie und trinkt Fliedertee ...«

Die Mutter hatte die fleißigen Hände in den Schoß sinken lassen und ihm schweigend zugehört ... Mit einem missbilligenden Kopfschütteln nahm sie ihre Arbeit wieder auf ...

Wolf ging unruhig vor ihr auf und ab. Er empfand das Schweigen der Mutter schärfer als ein tadelndes Wort. Erst nach einer langen Pause sagte er leise:

»Du hast recht, Mutter, es war bei ihr ein Ausbruch unbesonnenen Übermutes, der ihr den Unfall zuzog.«

»War das der Erfolg deiner Unterredung mit ihr?«

Wolf nickte.

»Leider, ja!«

Auch Frau Stutterheim nickte.

»Ich habe mit Absicht dich davon nicht zurückgehalten, obwohl ich es wusste, wie dein Versuch ausfallen würde. Du solltest selbst die Erfahrung machen.«

Wolf blieb vor ihr stehen.

»Ja, Mutter, und sie hat mir sehr wehgetan Aber was kann ich dafür, dass ich sie so lieb habe, von klein auf schon.«

Aus dem Schweigen der Mutter hörte er alles, was sie ihm damals gesagt hatte, als er ihr seine Absicht mitteilte, sich um Hanna zu bewerben ...

»Mein Sohn, du wirst gut tun, diese Neigung zu unterdrücken. Hanna passt nicht für dich. Sie ist wohl klug und liebenswürdig, aber zu oberflächlich. Jeder junge Mann tut gut, wenn er sich um ein Mädchen bewerben will, sich erst die Mutter anzusehen.«

Da hatte er lachend geantwortet:

»Aber liebste Mutter, wenn ich mich nun in die Christel, deinen Liebling, verliebt hätte ...«

Mit einem feinen Lächeln hatte sie geantwortet:

»Auch für Christel gilt mein Wort, denn die habe ich erzogen. Von klein auf hat sie sich wie eine Tochter an mich angeschlossen und alles befolgt, was ich gesagt habe ...«

Seine Gedanken flogen wieder zurück in die Jugendzeit. Schon als Kinder waren sie unzertrennlich gewesen. Und wie oft hatten die Eltern im Scherz gesagt und im Ernst gemeint, dass aus den beiden ein Paar werden sollte. Wie ein schweigendes Einverständnis war es zwischen ihnen geblieben ... Auch später, als er in Andreaswalde seine Lehrjahre durchmachte. Da war Hanna stets und überall seine Begleiterin gewesen.

Selbst, wenn er mit der Flinte aufs Feld ging, ein paar Hühner oder einen Küchenhasen zu schießen, war sie mit ihm gegangen.

Später, als er auf die landwirtschaftliche Hochschule ging und dann bei den Dragonern in Eyck sein Jahr abdiente, war das kindlich-herzliche Einvernehmen plötzlich zu Ende gewesen. Hanna war ein Jahr in einem Pensionat der französischen Schweiz gewesen, und als sie zurückkam, war aus dem lustigen Kind eine erwachsene junge Dame geworden, die ihr ausgesprochenes Talent für Musik eifrig pflegte und mit »Essig und Öl«, wie ihr eigener Vater spöttisch zu behaupten pflegte, schreckliche Bilder malte ... Aber schön war sie geworden, bildschön mit ihrer schlanken und doch so vollen Gestalt, den dunklen, großen Augen, dem überreichen, schwarzen Haar und dem rosigen Mund, der so übermütig lachen konnte ... Wie die Bienen um den Honig schwärmten die unverheirateten Offiziere der großen Garnison um sie herum, und auf jedem Fest war sie die unbestrittene Königin ... Verwöhnt und gefeiert ...

Wie oft hatte er sie in Gedanken mit seiner Mutter verglichen, in der er mit Recht das Ideal einer Mutter und klugen Hausfrau verehrte. Und ebenso oft hatte ihm sein Verstand gesagt, dass Hanna nie, auch nur im Geringsten, seiner Mutter gleichen würde. Aber was vermochte der kühl erwägende Verstand gegen das heiße Begehren seines Herzens?

Er war das, was man eine gute Partie nennt ... reich, unabhängig, er galt trotz seiner Jugend für einen Musterwirt. Nur die Rücksicht auf seine Mutter hatte ihn noch immer abgehalten, das entscheidende Wort zu sprechen. Sie hatte ihm einmal angedeutet, dass sie das Haus verlassen würde, wenn er Hanna heiratete. Und das war für ihn ein unübersteigbares Hindernis ...

Es war ausgeschlossen, dass er durch seine Heirat die über alles geliebte Mutter aus ihrem Heim vertrieb, an dem ihr Herz mit allen Fasern hing.

Jetzt hatte er gehofft, dass Hanna die tiefere Absicht seiner Aufforderung verstehen und die Gelegenheit ergreifen würde, sich die Zufriedenheit seiner Mutter zu erringen ... oder war er ihr so völlig gleichgültig, dass sie ihn nicht verstehen wollte? Das war doch heute eine deutliche Abweisung seiner Bewerbung gewesen ...

Als seine Gedanken bei diesem Punkt angelangt waren, griff er mit einem Seufzer nach seiner Mütze und ging hinaus auf den Hof ... Ihm war, als hätte er ein langes Gespräch mit seiner Mutter gehabt ... und doch war es nur ihr mitleidsvoller Blick gewesen, der ihm sagte, dass ein treues Mutterherz um ihn sorgte ... es war keine Voreingenommenheit gegen Hanna, das wusste er, sondern ehrlich sorgende Mutterliebe, die den wackeren Sohn vor einer Ehe bewahren wollte, in der nach einem kurzen, heißen Rausch eine Ernüchterung und Entfremdung eintreten musste ...

3.

Gleich nach Mittag ritt Wolf nach Bialla, um seine aus Russland ankommenden Schnitter in Empfang zu nehmen. Er hatte einen alten, starkknochigen Gaul unter sich, der seines hohen Alters wegen das Gnadenbrot erhielt, es sich aber noch reichlich verdiente; denn im Sommer zog er das kleine Wägelchen, in dem Frau Stutterheim fast täglich ins Feld fuhr. Beim Einfahren des Getreides musste er ins Scheunenfach und unablässig hin und her wandern, um es fest zu trampeln. Und wenn er lange untätig gestanden hatte, wurde er auch zu einem kurzen Ritt in Anspruch genommen. Für große Schnelligkeit war er nicht zu haben, aber die verlangte man ja auch von ihm nicht.

Und da er noch reichlich Zeit hatte, machte Wolf den kleinen Umweg über Andreaswalde, um sich nach Hannas Befinden zu erkundigen. Christel hatte ihn aus der Giebelstube kommen sehen und stand schon vor der Tür, als er auf den Hof ritt.

»Es geht Hanna nicht sehr gut, sie hat hohes Fieber und heftige Kopfschmerzen. Wir haben schon ein Fuhrwerk nach dem Arzt geschickt ...«

Sie trat an sein Pferd heran und streichelte ihm den Hals.

»Das wäre so ein Pferd für Hanna, wenn sie noch einmal Lust verspüren zu reiten«, meinte sie mit einem schelmischen Lächeln. »Du würdest nicht springen, alter Groneberg?«

»Nein«, erwiderte Wolf, »dafür ist er nicht mehr zu haben. Für Hanna ist doch keine Gefahr?«

Christel zuckte die Achseln.

»Mit solch einer schweren Erkältung ist nicht zu spaßen. Da kommt jetzt immer gleich die neumodische Krankheit, die Influenza, dazu, und vor der habe ich allen Respekt. Nun mach' dir bloß keine Gedanken, lieber Wolf, ich werd' sie schon zum Schwitzen bringen.«

Er reichte ihr Vom Pferd herab die Hand.

»Hab' Dank, Christel, für deine Samaritertätigkeit ...«

»Die ist doch selbstverständlich, Wolf ...«

Mit einem langen Blick sah sie ihm nach. Ein Zorn war in ihr aufgestiegen, den sie mehr fühlte als dachte. Ein Zorn auf ihre ältere Schwester, die eine so treue Liebe nicht zu schätzen wusste ... Noch vor kurzem hatte sie ihr, als sie von einem Dragonerrittmeister, der ihr eifrig den Hof machte, schwärmte, vorwurfsvoll gesagt, dass sie ein schweres Unrecht beginge, und Hanna hatte lachend darauf erwidert:

»Der Wolf läuft mir nicht fort. Der wartet so lange, bis ich ihn brauche ... Aber hoffentlich werde ich ihn nicht als Notnagel brauchen.«

Und dann hatte sie der jüngeren Schwester mit hässlichem Lachen gesagt:

»Aus dir spricht ja nur die Eifersucht. Du solltest mir doch dankbar sein, dass ich dir das Feld frei lasse ...«

Wie eine Flamme war Christel die Röte ins Gesicht gestiegen. Wortlos hatte sie sich abgewandt, um hinauszugehen und eine verschwiegene Ecke aufzusuchen, wo sie sich ausweinen konnte. Und dabei war es ihr zum ersten Mal klar geworden, dass es nicht bloß Freundschaft war, was sie für den Jugendgespielen empfand, sondern ehrliche, tiefe Liebe ... Und sie wusste, dass sie hoffnungslos war, dass Wolfs Herz ihrer Schwester Hanna gehörte, dass er um sie warb ...

Was half es, dass Hanna ihn zurückwies? Er würde doch für sie, die Christel, nie mehr empfinden als für eine Schwester ... Und ihr Gefühl sagte ihr das Richtige. Während der alte, nach seinem letzten Besitzer genannte Gaul langsam und gemächlich dahinschritt, wanderte Wolfs Herz zurück nach dem Gutshause, wo das geliebte Mädchen in wirren Fieberträumen lag ... Gewiss, sie war oberflächlich, sie war übermütig und stets dazu aufgelegt, einen Menschen zu necken ... oder verbarg sich hinter dem leichtfertigen, lustigen Ton wirklicher

Ernst? Er richtete sich straff im Sattel empor und schüttelte den Kopf, als wollte er die Gedanken verscheuchen.

Dicht neben ihm hatte sich vom schwarzen Acker eine Lerche emporgeschwungen und sang oben im blauen Äther ihr kleines Lied. Es klang so tapfer und hoffnungsfreudig ... aus der im Sonnenschein leuchtenden, frisch ergrünenden Saat strahlte ihm die Bejahung des Lebens entgegen. Er streckte die Hand aus und winkte der Lerche zu ...

An ihm vorbei rasselten die Wagen von Andreaswalde, die auch auf den Bahnhof fuhren, um russische Schnitter abzuholen. Hinter ihnen ritt der Inspektor Brinkmann. Er schloss sich Wolf an und erzählte, dass er das schöne Reitpferd von seiner Qual durch einen Schuss erlöst habe. Dann fragte Wolf, wie viel Schnitter er in diesem Jahr bekomme.

»An hundert Stück sollen es sein, Herr Stutterheim«, erwiderte der Inspektor. »Ja, wir brauchen so viel. Uns fehlen mindestens sechs verheiratete Instleute und auch einige Knechte. Könnten Sie nicht mit dem Herrn darüber sprechen? Die Gnädige kümmert sich nicht darum, die Mamsell tut, was sie will. Und die Leute machen heutzutage Ansprüche, die Knechte sind mit dem Essen nicht zufrieden und gehen weg ...«

Wolf zuckte die Achseln.

»Lieber Brinkmann, ich wollte Ihnen eben gerade ins Gewissen reden, dass die Meierei nicht genügend beaufsichtigt wird.«

»Ach Herr Stutterheim, Sie wissen doch, dass ich nicht alles schaffen kann ... Die ganze Hofwirtschaft, die Rechnungsführung, die Amtsgeschäfte, die Außenwirtschaft, das kann ein Mensch nicht bewältigen. Und der Herr, je älter er wird, desto weniger kümmert er sich um den Betrieb. Er studiert in den Büchern, hält lange Vorträge im landwirtschaftlichen Verein, und in seiner eigenen Wirtschaft kann es gehen wie es will. Ich habe gestern gekündigt.«

Wolf drehte sich im Sattel zu ihm.

»Aber Brinkmann!«

»Nein, Herr Stutterheim, ich habe auch Ehre im Leibe. Im Winter ist alles verkauft worden, was an Getreide vorhanden war, und jetzt muss nicht nur Saat, sondern auch Futtergetreide gekauft werden. Das fällt auch auf mich zurück ... Ich bin in Andreaswalde grau geworden und habe meine beste Kraft hiergelassen, aber nun mach' ich Schluss, und Sie müssen mir das Zeugnis ausstellen, dass ich ehrlich und treu für meinen Herrn gearbeitet habe.«

»Ja, das kann ich ... Aber was soll denn aus Andreaswalde werden, wenn Sie gehen?«

Der Inspektor zuckte die Achseln.

»Herr Stutterheim, da gehört eine junge Kraft hinein, die auch Geld hinter sich hat, und eine junge, tüchtige Frau ... Die beiden Mädel könnten ja manches Gute schaffen. Die Hannachen hat leider gar keinen Sinn dafür ... die Christel möchte ja, aber die gnädige Frau sieht es nicht gern, dass sie in die Wirtschaft geht. Das wissen die Mamsells, in der Küche wie in der Meierei, und sind frech gegen sie ... Nein, nein, Herr Stutterheim, das geht keinen guten Gang.«

Wolf schwieg. Alles, was der Graubart ihm sagte, wusste er ja selbst ... Schweigend ritten sie auf dem Bahnhof ein, stiegen ab und banden ihre Pferde an. Der Vorsteher kam ihnen entgegen.

»Der Zug hat eine Viertelstunde Verspätung, meine Herren. Mit dem Einladen der Russen hat er sich so lange aufgehalten.«

Langsam wanderten die beiden Landwirte auf dem Bahnsteig auf und ab. Sie sprachen wieder über Andreaswalde. Dazwischen fragte Wolf:

»Wie werden Sie bloß mit der Bande von hundert Menschen fertig werden?«

»Ach Herr Stutterheim, diesmal kommt noch so eine Art Inspektor mit. Er hat die ganze Gesellschaft angeworben und soll sie auch beaufsichtigen ...«

»Ein Russe?«

»Wahrscheinlich doch, aber er schreibt ganz gut Deutsch. Wissen Sie, was ich meine? Das ist wohl so ein Vertrauensmann der russischen Regierung.«

»Glauben Sie wirklich, dass die russische Regierung sich darum kümmert, wie es den Arbeitern bei uns geht?«

»Wer kann das wissen, Herr Stutterheim? Es hat ja schon geheißen, dass die russische Regierung ihren Leuten verbieten will, nach Deutschland zu gehen. Dann sind wir in Ostpreußen mit der Landwirtschaft aufgeschmissen.«

Aus der Ferne wurde ein Pfiff hörbar. Der Zug rollte heran und hielt. Aus dem Wagen vierter Klasse ergoss sich eine Menschenmasse auf den Bahnsteig. Männer, Frauen, halbwüchsige Bengel und Mädchen

… Schreiend und fluchend und sich stoßend und drängend schleppten sie Kasten und Säcke aus dem Wagen … Vor dem Bahnhofsgebäude standen einige masurische Bauern und Arbeiter. Mit unverhohlener Geringschätzung sahen sie auf den Schwarm Russen.

Und sie hatten alle Ursache dazu. Denn nicht nur in der Kleidung, sondern auch im Gesichtsausdruck unterschieden sich die Ankömmlinge sehr zu ihren Ungunsten von den Landesbewohnern … Kein Gesicht, das etwas Intelligenz verriet … Der Ausdruck stupid und roh wie ihr Benehmen.

Aus dem Wagen dritter Klasse war ein junger, hochgewachsener Mann gestiegen. Trotz der guten Kleidung war ihm der Russe anzusehen … Er trat auf Wolf zu, lüftete den Hut und fragte in fremd klingendem, hartem Deutsch:

»Bitte, sind Sie aus Andreaswalde?«

Der Gutsbesitzer schüttelte den Kopf und wies auf den Inspektor, der eben eine Unzahl Männer und Frauen vom Bahnsteig zu seinem Wagen führte …

Einige Minuten später hörte Wolf einen scharfen, lauten Wortwechsel. Er ging an die Ecke des Hauses und sah, wie der Russe den Pferden des vordersten Wagens in die Zügel fiel, während er auf Russisch seinen Leuten abzusteigen befahl. Dazwischen rief Brinkmann dem Knecht zu:

»Du fährst los!«

Grinsend richtete sich der Knecht im Sattel auf, knallte mit der langen Peitsche und ließ die vier Pferde antraben … Der Russe sprang fluchend zur Seite, während der Inspektor sich lachend in den Sattel schwang.

»Wenn Sie nicht wollen, können Sie zu Fuß marschieren.«

»Was ist denn da los, Brinkmann?« rief Wolf und ging näher.

»Ach, Herr Stutterheim, der Herr Inspektor ist zu fein, mit seinen Leuten zu fahren. Er verlangt einen eigenen Wagen.«

»Jawohl, das verlange ich«, rief der Russe, »und ich glaube, dass man in Deutschland Leute, die man braucht, anständiger behandeln könnte.«

»Noch viel zu anständig«, rief Brinkmann, gab seinem Gaul die Sporen und sprengte den Wagen nach.

Der Russe wandte sich zu Stutterheim.

»Ich führe sofort meine Leute weg.«

Wolf maß ihn mit einem kühlen Blick.

»Mit wem habe ich denn das Vergnügen?«

»Mein Name ist Nadrenko, ich habe die Leute angeworben und habe für sie zu sorgen. Ich bleibe nicht bei dem Herrn Brettschneider.«

»Darüber werden Sie wohl verdammt wenig zu bestimmen haben, Herr Nadrenko, wenn Sie einen Vertrag mit meinem Nachbar Brettschneider abgeschlossen haben. Wir brauchen wohl die russischen Arbeiter, aber wir betrachten sie als ein notwendiges Übel. Und unsere Behörden machen nicht viel Federlesens mit Ihren Landsleuten, zumal hier an der Grenze, wo das Ausrücken so leicht ist. Und in Ihrem eigenen Interesse rate ich Ihnen, dass Sie sich jetzt zu Fuß nach Andreaswalde auf den Weg machen.«

»Wer sind Sie denn, dass Sie mir das so sagen?«

»Ich bin der Nachbar von Andreaswalde und komme täglich dorthin … Es kann sich nur um ein Versehen handeln, dass für Sie kein Wagen mitgeschickt worden ist.«

»Das werde ich sofort feststellen, wenn ich nach Andreaswalde komme.«

Wolf lächelte.

»Ich darf wohl annehmen, dass das in sehr höflicher Form geschehen wird. Eine andere Tonart vertragen wir hier in Ostpreußen nicht mehr von den Herren Russen …«

Er machte eine kurze Handbewegung nach der Mütze, wandte sich ab und stieg auf seinen Groneberg.

Seine Schnitter, von denen die meisten schon seit Jahren wiederkehrten, hatten ihn respektvoll gegrüßt und ihre Wagen bestiegen. Eben waren die Wagen abgefahren … Einige hundert Schritt hinter dem Bahnhof holte der Russe Wolf ein und ging auf dem Fußsteig neben ihm. Sein Zorn schien verraucht …

»Herr … Herr … wie war doch Ihr Name?«

»Stutterheim«, erwiderte Wolf, sich leicht im Sattel verbeugend.

»Herr Stutterheim, darf ich fragen, wie groß das Gut ist, wo ich hinkomme?«

»Über viertausend Morgen mit reinem Körnerbau.«

»Körnerbau? Ach so, Sie meinen, es wird nur Getreide gebaut.«

»Na, etwas Milchwirtschaft ist auch dabei … die verträgt sich damit. Interessieren Sie sich so dafür?«

Der Russe nickte.

»Oh, sehr. Ich bin seit zwei Jahren Landwirt ... Vorher war ich allerdings etwas anderes, aber die Verhältnisse werfen manchmal den Menschen aus einem Beruf in den anderen.«

Wolf nickte zustimmend.

»Sie wollen wohl unsere Landwirtschaft kennen lernen?«

»Jawohl, sehr richtig, Herr Stutterheim. Wir wissen, dass Preußen in der Landwirtschaft eine führende Rolle einnimmt, das heißt so lange wir ihnen das nötige Übel, die Arbeiter, liefern.«

»Ich glaube, Sie verkennen das gegenseitige Verhältnis. Wir nehmen Ihnen die überschüssigen Arbeiter ab, die Russland nicht ernähren kann, und das Geld, das Ihre Landsleute aus Deutschland nach Hause bringen, trägt viel dazu bei, Ihre Landwirtschaft zu kräftigen.«

»Das will ich nicht bestreiten, Herr Gutsbesitzer, aber es ist doch ein Freundschaftsdienst meines Landes, dass es Ihnen die Arbeiter gibt. Also nur möglich, wenn Deutschland mit uns gute Freundschaft hält ...«

Der Gutsbesitzer hatte das Gefühl, als wenn der Russe ihn durch seinen hochfahrenden Ton reizen wollte, und er hatte keine Lust, mit dem Menschen, der ihm vom ersten Augenblick zuwider war, sich über Politik zu streiten. Er kitzelte seinen Gaul etwas mit den Sporen, und Groneberg war so liebenswürdig, sich für einige hundert Meter in einen sanften Trab zu setzen.

So kam er zehn Minuten früher in Andreaswalde an als Herr Nadrenko. Er stieg ab und ging zum Onkel Brettschneider hinein, der in einer Wolke von Tabaksdunst über einem Buch gebeugt saß. Der alte Herr schob seine Brille auf die Stirn und streckte ihm die Hand entgegen.

»Du willst dich wieder nach Hanna erkundigen. Es geht besser, Wölflein. Sie hat tüchtig geschwitzt.«

»Danke dir für die gute Nachricht, Onkel. Ich will dich nur bitten, dass du deinen russischen Inspektor heute nicht empfängst ... Ich komme morgen früh her, dann lässt du ihn rufen ... Ich erzähle dir nachher, weshalb ich das für sehr wünschenswert halte.«

»Selbstverständlich, mein Jungchen. Ich bin dir sehr dankbar, wenn du mir einen guten Rat gibst.«

Als sich Herr Nadrenko eine Viertelstunde später melden ließ, erhielt er den Bescheid, der Herr sei nicht zu sprechen, er werde morgen früh, wenn der Herr Zeit habe, gerufen werden ...

4.

Der Frühling war mit seinem ganzen Gefolge ins Land gezogen. Die Berge im Walde waren mit blauen Leberblümchen und weißen Anemonen übersät, auf dem Scheunendach stand klappernd der Storch, und aus allen Bäumen und Hecken erklang das Jubellied der kleinen Sänger, die fleißig an ihren Nestern arbeiteten ... Ein lauer Wind strich über die Erde, der die Sinne aufreizte und die Körper zu wohliger Müdigkeit erschlaffte ...

Singend zogen die russischen Schnitter ins Feld.

Aus den hässlichen Raupen waren bunte Schmetterlinge geworden, die sich mit hellfarbigen Miedern und Kopftüchern schmückten. Wie Kohlen glühten die schwarzen Augen in dem bräunlichen Gesicht ... Nur unten, von den kurzen Röcken abwärts, war noch keine Verschönerung eingetreten, denn die Füße steckten noch in plumpen Männerstiefeln ...

Vierzehn Tage hatte Hanna fest zu Bett gelegen, und ebenso lange dauerte es, bis sie wieder etwas zu Kräften kam, bis sie aus dem Liegestuhl aufstehen und einen kurzen Spaziergang durch den Garten unternehmen konnte. Ihr Gesicht hatte einen anderen Ausdruck bekommen. Es wurde vollständig beherrscht von den dunklen Augen, die das übermütige Lachen verlernt zu haben schienen. Ihre Schönheit hatte dadurch einen neuen, eigenartigen Reiz gewonnen.

Das traurige Ende der schönen Stute, das sie verschuldet hatte, war ihr nahe gegangen. Auch an Wolf musste sie oft denken. Die Schwestern hatten ihr erzählt, wie er sie reitend nach Hause gebracht und sich täglich nach ihrem Befinden erkundigt hätte. Aber seitdem sie aufgestanden war, hatte sie ihn noch nicht gesehen.

Nur telefonisch hatte er sich einige Male nach ihrem Befinden erkundigt.

Hanna war von aller Welt so verwöhnt, dass sie es als eine Vernachlässigung empfand. Sie hatte die vielen Beweise von Wolfs Zuneigung wie etwas Selbstverständliches hingenommen. Nun sträubte sich ihre Eitelkeit gegen den Gedanken, dass er sich von ihr zurückziehen könnte ... Vielleicht hatte sie ihn durch ihre übermütigen Worte gekränkt? Sie war nicht weit von der Wahrheit entfernt.

Wolf hatte in der Zeit, wo er Hanna nicht täglich sah, sich in Gedanken viel mit ihr beschäftigt. Schon mehrere Male, wenn er ihr die Möglichkeit einer Verbindung angedeutet hatte, war sie ihm ausgewichen oder sie hatte auch schon mal gesagt, dass sie nicht auf dem Lande verheiratet sein möchte ... Dann hatte er dazu gelacht und es als eine Neckerei aufgenommen. Diesmal waren ihre Worte bei ihm tiefer gegangen. Und damit kam ihm die Empfindung, dass er gar kein Recht hatte, sich so sehr um Hannas Befinden besorgt zu zeigen ... Vielleicht, dass seine Zurückhaltung auch sie dazu veranlasste, ihre Stellung zueinander zu prüfen ...

In gewissem Sinne hatte er recht ... Denn eines Vormittags, als die Sonne so recht warm schien, machte sich Hanna auf den Weg, um Tante Mathilde in Dalkowen zu besuchen. Eine freudige Kraft war in ihr ...

Den Ausreißer, den Wolf, wollte sie zur Rede stellen und so lieb und nett zu ihm sein ... Frau Stutterheim saß in ihrem Wagen am Fenster ihres Zimmers, von dem aus sie den Hof und alles, was darauf geschah, übersehen konnte. Da sah sie dann auch öfter ihren Sohn, wenn er vom Felde heimkam und nach kurzem Verweilen wieder hinausritt ...

Freundlich, wie immer, empfing sie den Besuch und beglückwünschte Hanna zu ihrer Genesung. Mütterlich besorgt strich sie ihr über die Wange, die von ihrer Rundung und frischen Farbe viel eingebüßt hatte. Und ihr Auge empfand, dass von dem Mädel ein neuer Zauber ausging, seitdem sie ernster und still geworden war. Aber schon blitzte es in den dunklen Augen schelmisch auf.

»Weißt du, Tantchen, dass Wolf sich schon seit vierzehn Tagen, solange, wie ich auf bin, nicht bei uns hat sehen lassen?«

»Mein Kind, er hat zu viel zu tun. Morgens vor Tagesgrauen steht er auf zum Melken und Buttern. Dann reitet er aufs Feld und steht bei den Leuten. Ich sehe ihn nur zu Mittag und Abendbrot auf eine Viertelstunde. Und bis tief in die Nacht sitzt er über seinen Büchern und schreibt Briefe ...«

»Aber Tantchen, das kann doch kein Mensch auf die Dauer aushalten. Was hat er denn von seinem Leben?«

»Arbeit, Hanna, die unseren Lebenszweck ausmacht.«

Mit einem Blick, aus dem der alte Übermut sprühte, sah Hanna zu ihr auf ...

»Ich habe immer sagen hören, Tantchen, eine Beschäftigung muss der Mensch haben, aber die darf nicht in Arbeit ausarten.«

Frau Stutterheim machte eine abweisende Miene.

»Das ist nichts weiter als ein schlechter Scherz, mein Kind. Jeder Mensch muss die Stelle ausfüllen, auf die ihn das Schicksal gestellt hat. Mein Sohn hat eine große und schwere, aber eine schöne Pflicht zu erfüllen. Er tut es mit Freuden, und es bekommt ihm sehr gut. Der Junge ist wie von Eisen.«

»Er könnte sich doch wenigstens einen Inspektor halten.«

»Jawohl, das könnte er. Aber die tüchtigen Menschen sind dünn gesät und noch dünner aufgegangen. Ehe er sich mit einem schlechten Beamten herumärgert, tut er selbst die Arbeit.«

»Ich würde an deiner Stelle doch darauf dringen, dass er sich nicht zu viel zumutet ... Sein Herz ist doch nicht ganz taktfest.«

»Ach du spielst auf den Unfall an, der ihn bei der letzten Übung vom Pferde warf und seiner militärischen Laufbahn ein jähes Ende bereitete ...? Ja, Kind, das hat mir damals auch Kopfschmerzen bereitet, dass sein Herz nicht ganz in Ordnung sein sollte. Wer weiß, was das gewesen ist, ich meine, auch ein Stabsarzt kann sich irren. Ich habe auch unter der Hand Erkundigungen eingezogen und in Erfahrung gebracht, dass die jungen Offiziere die Nachricht von einem bevorstehenden Kriege mit Russland sehr energisch gefeiert hatten ... Und du weißt doch, dass Wolf nie mit Alkohol über die Schnur gehauen hat. Nein, Kindchen«, fuhr sie nach einer kurzen Pause fort, »darüber mache dir keine Sorgen mehr. Wenn er man sonst mit seinem Herzen in Ordnung wäre.«

Hanna errötete. Noch nie hatte Tante Mathilde eine solche Anspielung gemacht. Sie hätte sie gern durch eine lustige und schelmische Antwort zurückgewiesen, aber ihr fiel in diesem Augenblick nichts ein. Ganz beklommen fragte sie:

»Was fehlt ihm denn?«

Frau Stutterheim seufzte tief auf.

»Ach viel, mein Kind. Du bist auch mit ihm so befreundet, dass du nicht darüber sprechen wirst.«

»Nein, Tantchen, gewiss nicht ...«

»Na dann will ich es dir erzählen. Du bist ja sehr klug und kannst mir vielleicht einen guten Rat geben ... Höre zu: Wolf hat sich in ein Mädchen verliebt, das ich nicht gern zur Schwiegertochter haben will.«

»Ach, wieso nicht, Tantchen?« entfuhr es Hanna.

In demselben Augenblick kam es ihr zum Bewusstsein, dass sie sich durch die Heftigkeit, mit der sie die Worte hervorgestoßen hatte, verraten hätte ...

»Das wirst du gleich hören. Das Mädchen ist ganz großstädtisch erzogen, hat gar keinen Sinn für Landwirtschaft und, was noch schlimmer ist, keine Neigung für den Beruf eines Landwirts. Er liebt sie mit allen Fasern seines treuen Herzens und ist tief unglücklich, weil ihn diese Liebe in einen schweren Konflikt schwerer Pflichten bringt. Stelle dir mal vor, Hanna: ein Mann, der bei seiner Frau nicht das geringste Verständnis für die Pflichten seines Berufes findet ... Er muss doch schwere Bedenken tragen, solch ein Mädel trotz der größten Liebe an sich zu fesseln. Ich empfinde es in solcher Zeit als seine Mutter schon so schwer, dass ich ihn nur zu den Mahlzeiten sehe, und stelle mir das für eine Frau, die ihren Mann liebt, noch viel schwerer vor.«

»Liebt sie ihn denn?« fragte Hanna leise.

»Mein Kind, das weiß ich nicht. Sie muss es doch merken, dass er sich um ihre Zuneigung bewirbt. Trotzdem bringt sie es fertig, ihm zu sagen, dass sie nur für Musik und Theater schwärmt und nur in der Stadt leben will. Wenn sie ihn richtig lieben würde, dann würde sie ihm das nicht sagen ... Ob sie nicht doch ›Ja‹ sagen würde, wenn er sie vor die entscheidende Frage stellt, weiß ich nicht. Aber das geht mir wider den Strich. Mein Junge verdient eine Frau, die ihn aus tiefer, herzlicher Liebe nimmt ... Dann mag sie meinetwegen für die Landwirtschaft gar keinen Sinn haben, er ist Mannes genug, um die Hilfe einer Frau entbehren zu können, aber die Liebe muss vorhanden sein, die große, ehrliche Liebe, ohne die es keine rechte, heilige Liebe gibt ...«

Sie schwieg einen Augenblick still und sah auf das Mädchen zu ihren Füßen, das den Kopf gesenkt hatte und mit den Fransen der Stuhldecke spielte ...

»Sag' mal, mein Kind, habe ich nicht recht?«

Hanna nickte ein paarmal mit langsamer Kopfbewegung.

»Ja, Tantchen ...«

Ihre Stimme klang traurig und bebte leise.

»Aber das Mädchen kann doch nichts dafür, dass Wolf sich in sie verliebt hat. Und sie kann doch nicht eine Liebe heucheln. Und sie kann doch nicht aus ihrer Haut fahren, wenn sie so erzogen ist, dass sie nur für andere Dinge Sinn und Verständnis hat.«

Sie hob den Kopf und sah der alten Dame frei ins Gesicht.

»Sag' mal, Tante, du bist doch eine erfahrene Frau, woran erkennt man eigentlich die richtige Liebe? Ist es wahr, dass man keine Ruhe hat, dass man immerfort an den Mann denken muss und gar keinen anderen Gedanken hat, als den, dass man alles andere über ihn vergisst? Ist das wahr?«

Ihre Augen flammten, Und der schön geschnittene Mund zitterte wie in banger Erwartung ... Langsam hob die alte Dame die Hand und strich ihr über das Haar ...

»Ja, mein Kind, das sind die richtigen Zeichen, ich habe es selbst erfahren. Ich war einundzwanzig Jahre alt, als mein Mann zum ersten Mal in mein Elternhaus kam. Er beachtete mich gar nicht. Ich glaube, wir haben nicht drei Sätze miteinander gesprochen. Aber von der Stunde an verließ mich sein Bild nicht, weder im Wachen noch im Träumen. Als er das nächste Mal zu uns kam und ich ihn empfangen musste, da hatte ich ein Gefühl wie ein armer Sünder. Ich hatte das Gefühl, dass er es mir am Gesicht ablesen müsste, was ich dachte und fühlte ... Wie mit Blut übergossen stand ich vor ihm und war verlegen wie ein kleines Gör ...«

Ihre Augen schienen ins Weite zu gehen, als wenn sie noch sahen, was der Mund erzählte. Mit bewegter Stimme fuhr sie fort:

»Er hat mir später erzählt, dass er mich in diesem Augenblick schön fand ... Mein Kind, ich habe nie auf besondere Schönheit Anspruch machen können ... und dass er mir die Neigung auf dem Gesicht ablas ... Und da wurde er auch verlegen, und wir standen uns wie zwei kleine Kinder gegenüber, die sich fremd sind und sich nicht anzureden getrauen. Ja, Kind, das ist die Liebe auf den ersten Blick. Es gibt auch eine andere, ruhigere. Aber die soll auch voll heißer Sehnsucht sein.«

Hanna hatte ihren Kopf wieder sinken lassen. Ein paar Tränen tropften ihr aus den Augen. Die alte Frau sah mild auf sie nieder, nahm ihre Hand und zog sie auf ihren Schoß.

»Was ist dir, mein Kind? Sprich dich offen aus. Du weißt, ich habe dich von klein auf lieb wie eine Tochter. Sei offen zu mir, Hanna, es handelt sich um das Glück zweier Menschen, die ich lieb habe ... Und der eine davon ist mein Ältester ...«

Hanna hatte das Gesicht an ihrer Brust geborgen.

Ganz leise begann sie zu sprechen:

»Ich weiß, dass du mir sehr böse sein wirst, Tantchen, aber ich kann beim besten Willen Wolf nicht heiraten ... Er tut mir ja so furchtbar leid, aber ich habe doch keine Schuld daran, dass er mich so lieb hat ... Ich glaube, wir haben zu früh als Kinder Brautpaar gespielt ... Ich habe es immer als Spaß genommen und er im Ernst ... Glaube mir, Tantchen, jetzt während der Krankheit, als ich nicht einmal lesen durfte, habe ich mich viel mit Gedanken geplagt, was doch sonst nicht meine Art ist. Und da habe ich mir gesagt: Wenn du den Wolf nimmst, bist du geborgen. Ich weiß, dass es bei uns zu Hause nicht gut steht. Und ich weiß, dass Wolf mich auf den Händen tragen würde, aber ich kann nicht ...«

»Sag' mal offen, dass du einen andern liebst.«

Hanna richtete sich empor und drückte beide Hände gegen ihre Brust.

»Bei Gott nicht, Tantchen. Mir macht es Spaß, wenn die Offiziere sich um mich drängen, um mir Schmeicheleien zu sagen, aber sie sind mir alle gleichgültig.«

Sie sprang auf und stellte sich vor die Frau. Der Schelm erwachte in ihr.

»Tante, ich muss eine geistige Missgeburt sein. Andere Mädchen in meinem Alter haben sich schon mindestens ein halbes dutzendmal verliebt oder wenigstens für einen Mann geschwärmt ... Ich noch nicht ein einziges Mal. Ich glaube, ich kann gar nicht lieben.«

Die alte Dame lächelte nachsichtig.

»Das ist ein gutes Zeugnis, was du dir ausstellst ... Ich sehe daraus, dass der Rechte noch nicht gekommen ist. Aber er wird auch kommen, verlass' dich darauf. Ich hatte auch noch keinen Mann angeschwärmt, als mein Einziger kam ... Aber nun noch eine ernste Frage: Darf ich Wolf unser Gespräch mitteilen? Die nackte Gewissheit, mag sie auch noch so traurig sein, ist für ihn besser als solch Hangen und Bangen.«

»Ja, Tantchen, er wird es überwinden und mich vergessen und eine bessere Frau bekommen, als ich es jemals werden könnte.«

»Wollen's hoffen, mein Kind. Es wäre gut, wenn du nun einige Wochen verreisen könntest ... Deine Eltern brauchen den richtigen Grund ja gar nicht zu erfahren. Und nun zieh' mal die Glocke. Du kannst mit dem Groneberg zurückfahren; er steht angespannt, weil ich ins Feld fahren wollte ... Grüß' mir deine Eltern und schilt Christel und die beiden Jüngeren aus, dass sie mich so sehr vernachlässigen ...«

»Christel ist entschuldigt. Die steht jetzt früh zum Melken und Buttern auf, dann betreut sie auch den Geflügelhof und hilft der Mamsell in der Küche ...«

Über das Gesicht der alten Dame flog ein heller Schein.

»Dann gib ihr in meinem Auftrag einen Kuss, und in den nächsten Tagen komme ich selbst zu euch ... Das Ein- und Ausladen meiner Person ist ja nicht so angenehm für die Beteiligten, aber ich will nicht in meinem Stuhl versauern ... Auf Wiedersehen, mein Kind ... Ich werde mich freuen, wenn du mich bald wieder auf ein Plauderstündchen besuchst. Du bist mir stets ein lieber Gast ... Auf Wiedersehen ...«

5.

Eines Tages wurde die Familie Brettschneider durch ein Telegramm aus Hamburg überrascht. Dort wohnte ein einsames, altes Fräulein, eine entfernte Verwandte, eine Kusine von der Mutter der Gutsherrin.

Vor langen Jahren, als die Kinder in Andreaswalde noch klein waren, war sie einmal auf einige Zeit zu Besuch gewesen. Seitdem beschenkte sie die Kinder regelmäßig zum Geburtstag und zu Weihnachten mit Kleinigkeiten und erhielt jedes Mal einen gemeinsamen Dankbrief.

Ob die Tante Borkchen reich war oder nur ihr kümmerliches Auskommen hatte, wusste man nicht.

Man war deshalb in Andreaswalde einigermaßen überrascht, als die Pflegerin der alten Dame in der Depesche um schleunigen Besuch der Frau Brettschneider bat, da ihre Herrin sich recht schwach fühlte und ihre einzige Anverwandte noch gern vor ihrem Tode sehen und sprechen möchte.

Frau Brettschneider hatte nicht große Lust, dieser Bitte zu entsprechen, aber als Hanna einen Ausflug nach Helgoland, Sylt usw. in Vorschlag brachte, wurde die Reise beschlossen und mit möglichster Beschleunigung vorbereitet. Am nächsten Morgen bereits traf ein Telegramm ein, das den Tod der alten Dame meldete und noch dringlicher um den Besuch eines der Mitglieder der Familie Brettschneider bat. Zur Regelung des Nachlasses würde die Anwesenheit eines männlichen Familienmitgliedes erwünscht sein.

Jetzt kam Hanna auf den Gedanken, dass es sich vielleicht doch um eine bedeutende Erbschaft handeln könnte. Nun machte Brettschneider den Vorschlag, dass die Mutter mit Hanna hinfahren und Wolf als männlichen Beistand mitnehmen sollte.

»Er steht uns doch so nahe wie ein Sohn, und wird es ja wahrscheinlich auch noch werden«, meinte der Hausherr mit glücklichem Lächeln.

Seine Gattin maß ihn mit einem langen, verwunderten Blick.

»Du scheinst es gar nicht zu wissen, dass diese Kindereien zwischen Wolf und Hanna längst abgetan sind. Hanna denkt gar nicht daran, Wolf zu heiraten.«

Wohl oder übel musste Herr Brettschneider sich selbst entschließen, seine Gattin zu begleiten. Aber mit einer Entschiedenheit, die sonst selten bei ihm zum Ausdruck kam, bestimmte er, dass Hanna zu Hause bleiben solle.

Am zweiten Tage nach der Abreise der Eltern wurde Brinkmann im Stall von einem Pferde geschlagen und erheblich verletzt. Grete, die Jüngste, die sich immer auf dem Hof befand, brachte die Nachricht ins Gutshaus und warf in ihrer praktischen Art sofort die Frage auf, wer nun die Wirtschaft leiten sollte. Wie aus einem Munde riefen Christel und Hedwig: »Wolf«.

Es sei selbstverständlich, dass er gleich benachrichtigt werden müsste. Hanna widersprach. Die Beziehungen zwischen Andreaswalde und Dalkowen hätten sich so geändert, dass es nicht mehr möglich sei, die Dienste des Nachbars in Anspruch zu nehmen. Christel schwieg dazu. Hedwig jedoch erklärte rund heraus, sie ginge es gar nichts an, was Hanna mit Wolf vorgehabt hätte, für sie blieben Tante Mathilde und Wolf, was sie immer gewesen wären, die liebsten Menschen und die besten Freunde.

»Das ist deine Sache«, erwiderte Hanna. »Ich als Älteste werde tun, was ich für richtig halte. Grete geht jetzt sofort zu Brinkmann und stellt fest, ob er imstande ist, durch den Kämmerer die Wirtschaft zu leiten.«

Nach wenigen Minuten brachte Grete den Bescheid zurück, dass Brinkmann schon selbst die Sache so geordnet habe. Damit glaubten die Mädchen den Zwischenfall erledigt.

Als sie sich eben an den Kaffeetisch gesetzt hatten, erschien Herr Nadrenko im Gutshause und ließ sich bei Hanna melden. Die Mädchen waren noch nie mit dem Russen, obwohl sie ihn täglich sahen, in persönliche Berührung gekommen. Er erschien zwar jeden Tag nach Feierabend im Gutshause und blieb manchmal auch länger bei dem Gutsherrn, als die Besprechung der Arbeitsaufträge erforderte. Dann erzählte der Hausherr jedes Mal, dass er sich mit dem russischen Inspektor in anregender Weise über alles Mögliche unterhalten habe. Es sei ein interessanter, gebildeter Mann.

Ohne Bedenken ließ Hanna Herrn Nadrenko eintreten, bot ihm eine Tasse Kaffee an und fragte ihn nach der Ursache seines Besuches.

Nadrenko verbeugte sich lächelnd und erwiderte, er wolle nur um die Adresse des Gutsherrn in Hamburg bitten, um sich mit ihm in Verbindung zu setzen.

»Aha«, rief Grete, die nicht gewohnt war, ihren Gedanken und ihrem Munde Zügel anzulegen, »Sie wollen Herrn Brinkmann nicht gehorchen.«

»Nein, mein kleines, gnädiges Fräulein«, erwiderte Nadrenko, »ich habe bis jetzt nur mit Ihrem Herrn Vater zu tun gehabt und lasse mir nicht durch den Kämmerer ansagen, was ich zu tun habe. Das müssen Sie doch selbst einsehen, dass ich mir das nicht gefallen lassen kann.«

»Kann diese Sache nicht in der Schwebe bleiben, bis mein Vater zurückkommt?«

Der Russe zuckte die Achseln.

»Es muss doch entschieden werden, ob Herr Brinkmann mir Anweisungen erteilen darf.«

»Haben Sie sich denn nicht mit meinem Vater besprochen, was während seiner Abwesenheit hier geschehen soll?« fragte jetzt Christel, und es lag eine deutlich erkennbare Verwunderung in ihrem Ton.

»Nein, gnädiges Fräulein, Ihr Herr Vater ließ mir darin freie Hand, ich machte ihm nur ab und zu Vorschläge.«

»Verstehen Sie denn so viel von der Wirtschaft?« rief Grete vorlaut dazwischen.

Christel und Hedwig lachten, denn die Kleine hatte ausgesprochen, was sie selbst eben dachten. Hanna sandte der jüngeren Schwester einen strafenden Blick zu, aber ehe sie die dazugehörigen Worte gefunden hatte, erwiderte Nadrenko mit feinem Lächeln:

»Das kleine Fräulein hat nur ausgesprochen, was Sie alle in diesem Augenblick gedacht haben, und ich fühle mich verpflichtet, darauf Antwort zu geben, um die Damen der Sorge zu entheben, dass Andreaswalde unter meiner Leitung nicht gut aufgehoben sein könnte. Ich habe die Landwirtschaft nicht nur gelernt, sondern auf einem viel größeren Gute geleitet. Es war allerdings nicht mein ursprünglicher Beruf ...«

Er machte eine Pause und sah Hanna an. Sie schien in seinem Blick die Aufforderung gelesen zu haben, ihm Gelegenheit zu geben, weiterzusprechen, denn sie tat die Frage, was er denn vorher gewesen sei.

»Wenn es die Damen interessiert, will ich Ihnen gern meinen ziemlich bewegten Lebenslauf schildern. Ich habe schon mehrere Berufe gehabt, bin aber in keinem sehr weit gekommen. Ich stamme aus einem sehr guten, begüterten Hause und wurde schon ganz jung zum Offizier bestimmt. Als der Krieg mit Japan ausbrach, war ich gerade Leutnant geworden.«

»Ach, Sie haben wirklich den Krieg mit Japan mitgemacht?« rief Grete dazwischen.

»Jawohl, mein kleines Fräulein.«

Er hob seine Tasse und reichte sie Christel hin.

»Darf ich noch um eine Tasse des köstlichen Getränkes bitten, für dessen Bereitung ich wohl Ihnen mein Kompliment machen darf?«

»Keine Ursache«, erwiderte Christel trocken, »wir trinken immer guten Kaffee.«

Nadrenko verbeugte sich lächelnd und fuhr fort:

»Ich habe bei diesem Anlass erst den richtigen Begriff von der Größe meines Vaterlandes bekommen. Es ist unermesslich. Vier Wochen waren wir mit der Bahn unterwegs, Tag und Nacht.«

»In dem Krieg mit Japan haben Sie sich aber nicht mit Ruhm bekleckert«, rief Grete dazwischen.

Die Schwestern lachten, Herr Nadrenko machte ein sehr verwundertes Gesicht.

»Nicht mit Ruhm bedeckt«, erklärte Hanna.

»Ah, nicht bedeckt mit Ruhm, meint das kleine Fräulein. Ja, der Ausgang des Krieges war unglücklich. Wir haben den kleinen Gegner unterschätzt, unsere Führung war schlecht, und am meisten hinderte uns die gewaltige Entfernung, genügende Truppenmassen auf dem Kriegsschauplatz zu entfalten. Einen Feind, der uns so nahe liegt, wie

z. B. Deutschland, würden wir ohne Zweifel allein durch unsere Massen zerdrücken.«

»Na, na«, meinte Christel ruhig, »wir würden uns nicht erdrücken lassen.«

Nadrenko beugte wie zustimmend den Kopf.

»Gnädiges Fräulein, das ist ein schlechtes Thema zwischen uns. Ich wollte nur die gewaltigen Truppenmassen meines Vaterlandes betonen.«

»Und wir wollen nicht die Chancen eines Krieges zweier befreundeter Reiche erörtern«, warf Hanna ein.

»Ich danke Ihnen, gnädiges Fräulein, für diesen Ordnungsruf«, erwiderte Nadrenko, indem er seine stahlgrauen Augen mit einem aufleuchtenden Blick auf Hanna richtete. »Ich habe gar keine Veranlassung, für mein Vaterland so warm einzutreten, weil ich hier bei Ihnen in Deutschland Schutz gesucht habe.«

»Ach, weshalb denn?« fragte Hanna.

»Weil mich mein Vaterland sehr schlecht behandelt hat. Ich hatte durch den Krieg die Lust an meinem Beruf verloren und benutzte eine ziemlich leichte Verwundung, um meinen Abschied zu erbitten. Ich wollte dann studieren und ging nach Kiew an die Universität, um mir als Jurist die nötigen Vorkenntnisse für die höhere Verwaltungskarriere anzueignen, der auch mein Vater angehört.«

Der kleinen Grete schienen die Lebensschicksale des Herrn Nadrenko so wenig interessant zu sein, dass sie aufstand und ans Fenster ging. In demselben Augenblick rief sie auch schon aus:

»Die Fohlen kommen von der Koppel rein.«

Sie sprang zum Tisch zurück und griff in die Zuckerdose.

»Christel, darf ich? Komm' mit, Heta! Willst 'mal sehen, wie der Peter mir gehorcht? Er kommt in der Koppel auf mich zu und küsst mich, wenn ich an den Zaun komme.«

Mit einer kurzen Verbeugung gegen Herrn Nadrenko stand Hedwig auf und ging mit der Schwester hinaus.

»Ich darf den beiden Damen jetzt wohl mit der Bitte um Diskretion verraten, dass Nadrenko nur ein angenommener Name ist, ich heiße in Wirklichkeit Wladimir Georgewitsch Graf Tolpiga.«

»Ah, Herr Graf«, rief Hanna überrascht aus.

Christel schien für die Bedeutung dieser Enthüllung kein rechtes Verständnis zu besitzen, sie lächelte nur.

»Ich bitte, diese Mitteilung, die ich bereits Ihrem Herrn Vater gemacht habe, durchaus diskret zu behandeln, meine Damen«, fuhr Nadrenko ruhig fort, »ich bin nicht sicher, dass sich nicht unter meinen Leuten ein Verräter, ein Spion der russischen Regierung befindet.«

»Sie sind ein Graf und kommen als Anführer russischer Erntearbeiter hier nach Deutschland?« fragte Christel mit einem leisen Zweifel in der Stimme.

»Jawohl, mein gnädiges Fräulein«, erwiderte Nadrenko, »das ist eine bittere Notwendigkeit. Ich war zwei Jahre bei einem deutschen Herrn, der an der Mündung des Don große Güter besitzt, als Inspektor tätig. Da fügte es der Zufall, dass unter den neuen Arbeitern, die wir im Frühjahr erhielten, sich ein Mann befindet, der bei meiner Schwadron gestanden hat. Er stürzt auf mich zu, küsst mir die Hände und ruft meinen richtigen Namen. Die Leute, die herumstehen, sehen mich erstaunt an ... ›Der Herr Mischka‹, so nannte ich mich damals, ›ist ein Graf.‹ Noch an demselben Abend fuhr ich ab, um mich in Sicherheit zu bringen, denn ich konnte mit Gewissheit annehmen, dass sich in der Nacht mehrere zu der glücklicherweise ziemlich entfernt liegenden Polizeistation aufmachen würden, um dort zu berichten, dass in Tworki ein Inspektor lebe, der sich nur Mischka nenne, in Wirklichkeit aber ein Graf Tolpiga sei. Für solche Nachrichten bekommt man in Russland eine Belohnung ...«

»Was haben Sie denn eigentlich verbrochen, dass Sie von der Polizei verfolgt werden?« fragte Christel.

»Verbrochen? In Russland genügt ein Verdacht, um verhaftet und nach Sibirien gebracht zu werden. Ich war in Kiew in die Kreise der jungrussischen Bewegung geraten, die ich nicht mit den sogenannten Nihilisten zu verwechseln bitte. Sie erstreben nichts weiter als eine Wiedergeburt des Vaterlandes unter Mitwirkung einer Volksvertretung. Die jugendliche Begeisterung dieser Kreise zog mich an, obwohl ich durchaus nicht auf dem Boden dieser Bewegung stand. Aber Sie müssen sich vorstellen, dass es auf den russischen Universitäten, wenn man eine geistige Anregung von gleichaltrigen Kommilitonen haben will, keine andere Wahl gibt, als sich einer der beiden großen Bewegungen anzuschließen. Die eine, weitaus größere, ist durchweg von anarchistischen Ideen beherrscht, und ich kann verstehen, dass sie von der Regierung mit der größten Rücksichtslosigkeit verfolgt wird, denn die jugendlichen Schwärmer wollen alles, was staatliche Ordnung heißt, von Grund auf zerstören.«

»Ah, wie interessant!« warf Hanna dazwischen.

»Ja, sehr interessant, mein gnädiges Fräulein, aber auch sehr gefährlich. Von diesen Kreisen habe ich mich aus vollster Überzeugung ferngehalten. Die anderen, mit denen ich durch Zufall in Berührung kam, scheinen aber der Regierung noch gefährlicher zu sein, denn eines Nachts wurde der ganze Zirkel, in dem ich verkehrte, von der Polizei aufgehoben. Mein Vater, dem ein guter Freund einen Wink gegeben hatte, hielt mich unter einem Vorwand zu Hause zurück, und um Mitternacht war ich bereits auf einer Troika unterwegs, um weit im fernen Osten als einfacher Mischka unterzutauchen.«

»Sie sagten doch, Russland wäre so ungeheuer groß«, meinte Christel trocken.

»Jawohl, aber nicht für die Polizei. Vom Don fuhr ich nach Kiew, suchte nachts heimlich mein Vaterhaus auf, versah mich mit Geld und fuhr an die Westgrenze, wo ich mir mit falschem Pass als Anführer eines Trupps Erntearbeiter die Flucht nach Deutschland sicherte. Hätte mein Vater nicht so gute Verbindungen, dann wäre mir die Flucht nicht gelungen, denn der Direktor der Kammer an der Grenze hatte mich erkannt und sagte es mir, als ich ihm meinen falschen Pass vorlegte. Nun lebe ich hier wie der Vogel in der Luft ...«

Seine Stimme bekam einen harten Ton ...

»Wenn meine Leute nach Hause zurückkehren, muss ich hierbleiben, ich hoffe auf die gütige Fürsprache Ihres Herrn Vaters. Vielleicht wird mir gestattet, im nächsten Winter eine deutsche Universität zu besuchen. Ich möchte mir einen neuen Beruf erobern. Jura weiter zu studieren, hat doch für mich keinen Zweck. Ich würde anfangen, Medizin zu studieren, um mich als Arzt in irgendeinem Kulturstaat betätigen zu können.«

Nach einer Pause fuhr er mit weicher Stimme fort:

»Ich habe in den Kreisen, in denen ich aufgewachsen bin, Ihr Vaterland nicht lieben gelernt ... Es ist viel Hass gegen Sie in Russland, und am meisten in den Kreisen der Intellektuellen. Wahrscheinlich aus dem Gefühl heraus, dass Sie uns überlegen sind ... Ich achte Ihr Vaterland ... Dass ich es schon liebe, können Sie von mir nicht verlangen, aber ich fühle bereits, dass ich es einmal lieben werde ...«

Mit einer plötzlichen Aufwallung streckte Hanna ihm über den Tisch die Hand entgegen. Er sprang auf und küsste ihr die Hand.

»Herr Graf, es ist wohl nicht mehr nötig«, sagte Hanna mit einem leichten Beben in der Stimme, »dass wir meinen Vater mit dieser Ungelegenheit behelligen. Ich werde Herrn Brinkmann benachrichtigen, dass er keine Befugnis hat, Ihre Tätigkeit zu überwachen und Ihnen Befehle zu geben.«

Nadrenko klappte die Hacken zusammen und verbeugte sich. Mit der theatralischen Gebärde, die allen Slawen eigentümlich ist, legte er dabei die rechte Hand aufs Herz.

»Tausend Dank, meine Damen ... Ihr Herr Vater wird mit mir zufrieden sein. Empfehle mich gehorsamst ...«

6.

Kaum hatte sich die Tür hinter ihm geschlossen, als Christel mit einem zornigen Blick sich vor ihre Schwester stellte.

»Aber Hanna, wie kannst du bloß den alten Mann so kranken, der ein Menschenalter in unseren Diensten gestanden hat?«

»Du meinst Herrn Brinkmann«, erwiderte Hanna kühl. »Weißt du denn nicht, dass er gekündigt hat und wie eine Ratte das Schiff verlassen will, das ihm nicht mehr sicher genug erscheint?«

»Gekündigt, Brinkmann hat gekündigt?«

Kopfschüttelnd drehte Christel sich um und ging zum nächsten Stuhl, um sich zu setzen.

»Hältst du das für ein so großes Unglück, Schwesterchen? Ich finde, dass der Mann stumpf geworden ist, genauso wie unser Vater, der nur noch Interesse für seine theoretischen Untersuchungen hat. Ich betrachte es als ein Glück, wenn wir eine jüngere, tüchtige Kraft bekommen!«

»Mehr als Brinkmann kann keiner leisten. Auch der Herr Nadrenko nicht, der sich uns heute geradezu aufgedrängt hat. Glaubst du wirklich alles, was er uns erzählt hat?«

»Aber Christel, ich begreife nicht, weshalb du so misstrauisch gegen den Menschen bist. Selbst wenn etwas Dichtung ihm zwischen die Wahrheit gelaufen ist, bleibt er doch ein sehr interessanter Mann, und wir können ihm nur dankbar sein, dass er sich ins dieser Weise des Gutes annimmt.«

Christel schwieg und zuckte die Achseln. Hanna fuhr hartnäckig fort:

»Ich finde, dass man ihn nicht wie bisher behandeln kann. Brinkmann isst an unserem Tisch. Jetzt, wo wir wissen, dass Nadrenko in Wirklichkeit ein Graf und ein gebildeter Mensch ist, wäre es unpassend, ihm das Essen in seine Wohnung zu schicken!«

»Er scheint es doch nicht anders gewünscht zu haben«, erwiderte Christel ruhig, »sonst würde ihn der Vater doch schon mal zu Tisch geladen haben. Außerdem finde ich es unpassend, dass wir ihn jetzt zu Tisch bitten, wo wir Mädchen allein sind.«

»Ach Christel, sei doch nicht so spießbürgerlich. Brinkmann liegt krank. Herr Nadrenko kommt, mir Bericht über die Wirtschaft zu erstatten, da ist es doch nur natürlich, dass ich ihn zu Abendbrot bitte.«

Christel zuckte die Achseln und stand auf.

»Du bist die Älteste, du hast es vor den Eltern zu verantworten. Aber ich sage dir, dass ich dagegen bin.«

»Die Verantwortung will ich auf mich nehmen«, erwiderte Hanna lachend.

Wirklich stellte sich Herr Nadrenko nach dem Feierabendläuten im Gutshause ein. Am Nachmittage hatte er ein Sportkostüm, wie es bei den Inspektoren auf dem Lande üblich ist, getragen. Jetzt hatte er sich wie zu einer Gesellschaft mit langem, schwarzem Rock angezogen, als erwarte er, den Abend im Gutshause zu verleben. Hanna erwartete ihn im Arbeitszimmer ihres Vaters. Nadrenko begrüßte sie wie ein Kavalier, trat nach der zweiten Verbeugung auf sie zu und führte ihre Hand an die Lippen.

»Gnädigstes Fräulein gestatten, dass ich gehorsamst Meldung abstatte. In Andreaswalde ist nichts Neues. Nur eine Kleinigkeit möchte ich erwähnen. Die Meierei hat heute Abend statt der abgerahmten Milch meinen Leuten Vollmilch gegeben. Ich habe durch Befragen meiner Leute festgestellt, dass das bisher schon immer geschehen ist, und habe mir gestattet, die Meierin ganz energisch zur Rede zu stellen. Es sind doch immerhin mehr als zweihundert Liter Vollmilch, die der Butterbereitung dadurch entzogen werden.«

»Fällt das wirklich so sehr ins Gewicht, Herr Graf?«

»Na erlaube mal, Schwester«, rief Christel, die eben eingetreten war, »dann wird auch die Morgenmilch denselben Weg gehen. Jetzt weiß ich, weshalb Andreaswalde so wenig Butter liefert. Aber, dass Brinkmann das nicht gesehen hat.«

Herr Nadrenko zuckte die Achseln.

»Ich habe noch nicht gemerkt, dass der Herr Inspektor sich um das Melken gekümmert hat.«

»Das wäre wunderbar, ich muss mir doch darüber sofort Gewissheit verschaffen«, rief Christel und eilte hinaus.

»Meine Schwester ist sehr wirtschaftlich veranlagt«, meinte Hanna lächelnd. »Ich habe weniger dafür Sinn.«

»Gnädiges Fräulein lieben sehr die Musik, und ich will es offen gestehen, dass ich schon manchmal, wenn gnädiges Fräulein bei offenen Fenstern spielte, an der Hausecke gestanden habe, um zu lauschen.«

»Lieben Sie auch Musik?«

»Ach, gnädiges Fräulein, das ist die Kunst, die mir das Leben erträglich macht. Ich spiele Geige, ich singe Lieder, bei denen ich mich auf der Laute begleite. Hat Ihnen Ihr kleines Schwesterchen, dieser entzückende kleine Kobold, der Ihnen so außerordentlich gleicht, nichts davon erzählt? Sie hat schon manchmal an meinem offenen Fenster gestanden und gelauscht.«

»Leider nicht, Herr Graf.«

»Bitte, nicht: Herr Graf. Sie könnten sich in Gegenwart Ihrer jüngeren Schwestern versprechen, und das wäre mir sehr unangenehm.«

»Nun denn, Herr Nadrenko, Sie bleiben doch heute Abend zu Tisch bei uns. Wollen Sie uns nicht ein wenig durch Ihre Kunst erfreuen?«

»Gnädiges Fräulein brauchen nur zu befehlen. Aber von Kunst kann keine Rede sein. Ich singe nichts weiter als die neckischen oder schwermütigen Lieder, die ich von den Donschen Kosaken gehört habe, noch dazu mit russischem Text, den Sie nicht verstehen.«

Nach dem Essen war Nadrenko in seine Wohnung gegangen, um seine Gitarre zu holen. Er war in der Beziehung komisch. Er ließ nie einen anderen Menschen in seine Wohnung hinein als einen Jungen Schnitter, der sein persönlicher Diener zu sein schien. Und am Tage, wenn er auf dem Felde sich befand, waren seine Fenster und die Türe stets fest verschlossen. So hatte er auch jetzt Gretels Anerbieten, ihm die Laute zu holen, abgelehnt und war selbst gegangen.

Christel, die den Abend über sehr schweigsam und zurückhaltend war, hatte trotz allen inneren Widerstrebens das Gefühl, dass dieser Russe ein vollendeter, gewandter Kavalier war, der sich in Damengesellschaft mit ruhiger Sicherheit zu benehmen wusste. Er sang, ohne sich nötigen zu lassen, einige wunderbar eigenartige Lieder, deren schwermütige Melodie sich jedem Menschen ins Herz stehlen musste. Dann legte er die Laute weg und begann zu erzählen, wie er mit den Kosaken nachts am Lagerfeuer gelegen, wie sie ihm von ihren ewigen Kämpfen und Streifzügen berichtet und ihn mit gegorener Stutenmilch bewirtet hätten.

Dann stand er auf, nahm die Laute zur Hand und sang wieder eins der Lieder, die er nachts von ihnen gehört hatte.

Als er spät abends sich verabschiedete, hatte selbst die sehr kritisch veranlagte Grete mit ihm Frieden geschlossen. Mit noch größerem Unbehagen sah Christel, dass Hanna sich lebhaft für den Russen interessierte. Er hatte sich um die anderen Schwestern nur so viel gekümmert, als es die unumgängliche Pflicht, nicht unhöflich zu erscheinen, erforderte. Fast jedes seiner Worte war an Hanna gerichtet, und jedes Lied, das sich nachher in der Übersetzung als ein Liebeslied erwies, schien er nur für Hanna zu singen. Und sie schien dafür nicht unempfänglich zu sein. Ihre Augen strahlten. Ihre ganze Schönheit sprühte dem Russen entgegen. Und sie hatte die Fähigkeit, originell und treffend zu antworten.

Es war selbstverständlich, dass Herr Nadrenko am nächsten Mittag wieder zu Tisch erschien. Ebenso auch am Abend. Da war es seine erste Bitte, Hanna möchte ihn durch ihr Klavierspiel erfreuen. Noch nie hatte sie ihre Kunst vor einem fremden Menschen zum Besten gegeben. Ja, selbst ihre nächsten Angehörigen durften nicht im Zimmer weilen, wenn sie spielte. Jetzt setzte sie sich mit geröteten Wangen ans Klavier und spielte.

Selbst den beiden jüngeren Schwestern fiel es auf. Sie tauschten Blicke miteinander, die von Christel bemerkt und verstanden wurden. Aber wenn dann Herr Nadrenko zur Laute griff oder zu erzählen anfing, ganz ungezwungen, als müsste es so sein, bald eine launige Episode aus dem Kriege, bald schaurig-schöne Episoden, dann standen auch sie wieder unter seinem Bann.

Nur Christel nicht. In ihrem klaren, Unbestechlichen Wesen hatte sie halb unbewusst das Gefühl, als wenn der Russe vor ihnen schauspielerte. Sie fühlte, dass er Hanna, wenn auch auf sehr feine Weise, den Hof zu machen begann. Die ›Plattform‹ dafür hatte er sich durch seine Enthüllung, dass er in Wirklichkeit ein russischer Graf sei, in sehr geschickter Weise geschaffen.

Wer weiß, ob Hanna sich trotz seiner blendenden und interessanten Erscheinung um ihn weiter gekümmert hätte, als es die Verhältnisse und der Anlass erforderten, wenn er sich nicht mit diesem Relief hätte umgeben können.

Als diese Gedanken sie immer schwerer bedrängten, entschloss sich Christel, da Rat und Hilfe zu suchen, wo sie sie immer gefunden hatte: In Dalkowen bei Tante Mathilde. An einem der nächsten Tage machte sie sich gleich nach dem Essen auf den Weg. Er führte durch den Andreaswalder Park ein kleines Stückchen über Feld in den Dalkower Park.

Die Sonne stand lachend am blauen Himmel. Auf den Feldern sangen die Lerchen, als wollten sie alles andere Geräusch auf der Erde übertönen. Aber die kleinen Sänger, die zwischen den grünenden Zweigen der Bäume herumsprangen, ließen sich nicht überschreien.

Rings um sie und mit ihr ging ein Singen und Jubilieren. Sie nahm den breitkrempigen Hut ab, den sie zum Schutz gegen die Sonne aufgesetzt hatte, und hing ihn an den Bändern über ihren Arm. Ihr Herz weitete sich, und ein leises Rot färbte ihre Wangen ... Eben hatte sie daran gedacht, dass sie vielleicht Wolf wiedersehen würde.

Da standen am Abhang blaue Veilchen, weiße und gelbe Anemonen, ab und zu zwischen ihnen auch noch ein verspätetes Leberblümchen, das wie ein bescheidenes blaues Auge dankbar zum lachenden Frühlingshimmel empor sah. Sie bückte sich und pflückte einen Strauß ... einen großen Strauß, den sie nicht in ihren Händen bergen konnte, so dass sie ihn in den Hut legen musste.

Tante Mathilde saß im Rollstuhl an der offenen Tür des Gartenzimmers. Schon von weitem winkte sie ihr einen Gruß zu, und als Christel näher kam, legte sie den Finger auf den Mund, als wollte sie jedes laute Wort abwehren. Während Christel ihr die Blumen in den Schoß legte, ihr die Wangen und die Hand küsste, flüsterte die alte Dame ihr zu:

»Ganz still, mein Liebling, ganz still ... Er schläft im Nebenzimmer auf dem Sofa. Ich habe ihm den Wecker wegstehlen lassen, damit er sich mal ein paar Stunden ausschläft.«

Christel hatte sich neben der alten Dame auf die Knie niedergelassen. Ganz leise berichtete sie der mütterlichen Freundin alles, was ihr Herz bewegte.

Die Eltern hatten geschrieben, dass Tante Borkchen ihnen eine sehr große Erbschaft hinterlassen hätte. Aber nun seien sie Mädchen schutzlos zu Hause allein, der Brinkmann liege krank. Der Russe führe die Wirtschaft und erscheine jeden Mittag und Abend zum Essen. Zuerst sei er gekommen, Bericht abzustatten, und man könne ihn doch vor dem Essen nicht fortschicken.

»Das heißt Hanna hat ihn an den Tisch gezogen, nicht wahr, mein Kind?« unterbrach sie Frau Stutterheim lächelnd.

»Ja, Tantchen«, erwiderte Christel mit ehrlich betrübter Miene. »Ich war ja nicht dafür … Ich habe eine unbestimmte Abneigung gegen den Menschen. Ich habe das Gefühl, als wenn er uns ein Märchen aufbinden will mit seinen Erzählungen … Denk' dir, Tantchen, er soll ein Graf sein, der aus politischen Gründen verfolgt wird und aus seinem Vaterlande fliehen musste.«

»Als Graf erscheint er wohl der Hanna sehr interessant?« fragte die alte Dame mit einem feinen Lächeln.

»Er ist wirklich sehr interessant, Tantchen … Ich wünschte, die Eltern wären erst wieder zu Hause … Die Mutter hat in solchen Dingen ein sehr feines und richtiges Urteil, das Hanna nicht hat.«

»Und, du deutest damit etwas an, was ich nicht für möglich halte.«

»Ach Gott, Tantchen, ich habe ja auch nichts weiter sagen wollen, als das; Hanna den Russen ganz interessant findet. Gestern Abend hat er seine Geige mitgebracht und mit Hanna zusammen musiziert. Er spielt wirklich himmlisch schön. Ich bin ja gar nicht musikalisch, aber wenn ich fühle, dass mir das Herz dabei warm wird, dann muss es wirklich sehr schöne Musik sein.«

»Wie benimmt er sich denn sonst?«

»Er erzählt wunderbar. Die Stunden verfliegen uns so wie Minuten.«

»Christel, du schwärmst ja von dein Russen.«

»Ich, Tantchen? Uns beide lässt er ganz links liegen. Grete zählt ja noch nicht mit! Er scheint nur für Hanna zu sprechen und zu musizieren.«

Lange noch sprachen sie hin und her. Christel berichtete getreulich, was sich unter ihren Augen in der Wirtschaft abgespielt hatte. Es war nichts Erfreuliches. Die unverheirateten Knechte hatten der Mamsell ihr Mittagessen vor die Füße gegossen. Da habe Nadrenko eingreifen wollen. Sie sei gerade zur richtigen Zeit gekommen, um ihn vor einer Tracht Prügel zu retten, dann habe sie sich an den Herd gestellt und den Knechten ein. Stück Fleisch zu Mittag gebraten ...

Kurz vor Kaffeezeit erschien Wolf auf der Bildfläche Er war sehr verdrießlich und fragte seine Mutter vorwurfsvoll, wo der Wecker vom Tisch geblieben wäre.

»Ich habe ihn dir 'rausstehlen lassen, mein Sohn«, erwiderte die Mutter mit freundlichem Lächeln, »du solltest mal ein paar Stunden ausschlafen.«

Gerührt küsste er ihr die Hand.

»Ich wollte aber um zwei Uhr beim Drillen der Gerste sein. Wer weiß, ob die Leute mit der neuen Maschine zurechtgekommen sind?«

»Nimm es ruhig an, mein Sohn, sonst hätte dich schon lange ein reitender Bote geholt.«

»Ja, Wolf«, fiel Christel ein, »du siehst gottserbärmlich schlecht aus. Und dabei komme ich noch mit einem großen Anliegen: Möchtest du nicht einmal einen Blick nach Andreaswalde werfen, wie der Herr Nadrenko wirtschaftet? Brinkmann liegt krank, und der Russe nimmt von ihm keine Befehle an.«

»Nein, Christel, das möchte ich nicht. Der Onkel hätte mir nur ein Wort sagen brauchen, ehe er abreiste, dann hätte ich während seiner Abwesenheit Andreaswalde unter meine Obhut genommen, obwohl ich gerade auch bei mir genug zu tun habe.«

Christel hatte den Kopf gesenkt, ihre Augen hatten sich mit Tränen gefüllt. Ganz leise fragte sie:

»Weshalb kommst du nicht mehr zu uns nach Andreaswalde? Du weißt doch, dass wir Kinder allein sind, auf fremde Menschen angewiesen.«

Wolf stand auf und legte ihr den Arm um die Schulter.

»Mädel, du bist doch sonst so klug. Es muss doch etwas vorliegen, was mir die Besuche in Andreaswalde unmöglich macht. Ihr anderen könnt es mir wirklich nicht übelnehmen, ihr müsst nichts Unmögliches verlangen.«

Er nahm seine Mütze und ging ohne Abschiedsgruß hinaus.

»Ja, mein liebes Christel, du siehst jetzt selbst, wie tief ihm die Sache geht. Ich habe wirklich nicht geglaubt, dass es ihm so nahe gehen würde, aber ich kann nicht anders: Ich freue mich doch, dass die

Entscheidung so gekommen ist. Mein Junge verdient eine Frau, die ihm den Schweiß von der Stirne trocknet, wenn er müde und hungrig nach Hause kommt. Und ein Mann, der sich so ehrlich sein Essen verdient, muss auch gepflegt werden. Da darf die Frau nicht am Klavier sitzen und die Mamsell kochen lassen.«

Mit einem schelmischen Lächeln erwiderte Christel:

»Ich weiß alle seine Leibgerichte.«

»So? Soll ich mal mit dir ein Examen abhalten?«

»Jawohl, Tantchen, ich bin bereit. Obenan steht bei Wolf Beetenbartsch mit fettem Hammelfleisch, dann Pilzenbartsch, dann gebratener Barsch mit roten Rüben als Beisatz dann Barsch oder Hecht in saurer Dillsauce, dann Schwarzsauer, dann Weißsauer von Gans- oder Entenklein, aber nicht kalt, sondern warm mit flüssiger Sauce.«

Mit leuchtenden Augen hatte die Mutter ihr zugehört, jetzt streckte sie die Hände nach ihr aus, zog das errötende Mädel an ihre Brust und küsste es auf Stirn und Haar ... Ja, Mütter sind manchmal so komisch.

7.

Eines Abends fragte Nadrenko, weshalb Hanna nicht mehr ausritte. Der kleine Unfall könne ihr doch nicht das Vergnügen an dem edlen Sport verleidet haben. Außerdem müssten die Reitpferde auch bewegt werden. Ihm persönlich würde es auch sehr angenehm sein, ein Reitpferd benutzen zu können, da er jetzt doch das große Gut allein beaufsichtigen müsste.

Hanna ging bereitwillig auf den Vorschlag ein und ordnete an, dass ihr am anderen Morgen um neun Uhr das Reitpferd ihrer Mutter vorgeführt würde. Als sie zur festgesetzten Stunde aus dem Hause trat, hielt der Reitknecht zwei Reitpferde am Zügel.

»Für wen ist das zweite Pferd?«

»Herr Nadrenko hat befohlen, dass ich das gnädige Fräulein begleiten soll.«

Langsam ritt Hanna in den taufrischen Morgen hinein. Sie war etwas enttäuscht, denn sie hatte erwartet, dass Nadrenko sie begleiten würde. Eine Viertelstunde war sie unterwegs, als sie den Inspektor vom Felde her auf sich zukommen sah. Er machte zu Pferde eine vorzügliche

Figur und sah aus wie ein Kavallerieoffizier in Zivil, wie Hanna mit Kennerblick feststellte.

»Darf ich Sie bitten, gnädiges Fräulein«, rief er grüßend, »das Feld zu inspizieren? Ich hoffe, Sie werden mit mir zufrieden sein. Es steht alles vorzüglich. Die Sommerung ist gut aufgegangen.«

Lachend schüttelte Hanna den Kopf.

»Ich bin zu dieser Rolle wenig geeignet. Meine landwirtschaftlichen Kenntnisse sind recht gering. Und außerdem will ich spazieren reiten und die Natur genießen. Auf einen fachmännischen Vortrag von Ihnen verzichte ich gern. Ihre Versicherung genügt mir.«

Nadrenko verbeugte sich lachend im Sattel.

»Dürfte ich Sie trotzdem begleiten?«

Lachend wies Hanna mit dem Kopf nach dem Reitknecht, der in angemessener Entfernung zurückgeblieben war.

»Sie haben mir ja schon einen Begleiter mitgegeben.«

»Verzeihung, gnädiges Fräulein, sonst hätte ich Sie ja nicht bitten dürfen, auch meine Begleitung anzunehmen.«

»Ach so«, lachte Hanna, »das ist von Ihnen ein wohlüberlegter Plan. Sie haben schon vorher für einen Anstandsjüngling gesorgt.«

Langsam setzten die Pferde sich in Bewegung.

Nadrenko erzählte, dass er schon einmal bis zur hintersten Grenze gewesen sei und dort Soldaten erblickt hätte.

»Ach, da wird die Garnison wohl eine Übung abhalten. Wollen mal hin reiten und uns die Sache ansehen. Ich kenne alle Offiziere.«

Sie ließ ihr Pferd in Trab fallen. Auf der nächsten Anhöhe machte sie halt und sah sich um.

»Gnädiges Fräulein werden vergeblich ausschauen. Im modernen Kriege ist wenig von den Soldaten zu sehen. Wir haben sehr oft in heftigem feindlichen Feuer gestanden, ohne die Stellung der Japaner entdecken zu können.«

In demselben Augenblick erschien über dem bewaldeten Bergrücken, der etwa einen Kilometer vor ihnen lag, ein weißes Wölkchen. Und eine Sekunde später kam der dröhnende Schall eines Kanonenschusses, dem schnell hintereinander mehrere folgten. Jetzt knallte es auch rechts von ihnen aus einer Erdfalte, die sie nicht übersehen konnten.

»Wir sind mitten im Gefecht, ohne es zu ahnen«, rief Hanna, wandte ihr Pferd nach rechts und ritt in scharfem Trab den Seitenweg auf die feuernde Batterie zu. Nadrenko blieb am Rande der Anhöhe halten und sah, wie die Offiziere die junge Dame freundlich begrüßten. Nach einer Viertelstunde kam Hanna zurück.

»Weshalb haben Sie sich nicht näher herangewagt?«

»Verzeihung, gnädiges Fräulein, es ist wohl besser, wenn ich als Russe etwas Zurückhaltung übe, um jeder Missdeutung vorzubeugen.«

»So zartfühlend brauchen Sie durchaus nicht zu sein. Es ist doch bloß eine Friedensübung, noch dazu auf unserem eigenen Grund und Boden. Da sind Sie als Vertreter meines Vaters nicht nur berechtigt, sondern auch verpflichtet festzustellen, ob nicht irgendwo Flurschaden angerichtet wird. Das wollen wir übrigens gleich feststellen.«

Beim Weiterreiten stießen sie auf eine langgedehnte Schützenkette, die den trockenen Graben einer Landstraße besetzt hatte. Auch hier wurde Hanna von den Offizieren lebhaft begrüßt. Lachend erklärte sie dem Major, sie sei gekommen, um festzustellen, ob nicht etwa Flurschäden verübt würden.

»Das ist nicht ganz ausgeschlossen, gnädiges Fräulein«, erwiderte der Offizier, der für seine militärische Würde noch recht jugendlich aussah. »Unsere Übungen hier an der Grenze haben, wie Sie sich wohl vorstellen können, noch einen Nebenzweck, der eigentlich die Hauptsache ist. Es sind Proben auf den Ernstfall mit unserem Herrn Nachbar über der Grenze, und da nimmt es die Intendantur uns nicht übel, wenn wir mal etwas Flurschaden anrichten, den die Herren Landwirte uns ja nie zu schenken pflegen.«

Nadrenko hatte etwas abseits gestanden, aber doch so nahe, dass er jedes Wort der Unterhaltung verstehen konnte. Seine hellen Augen wanderten langsam die Schützenlinie entlang, scheinbar teilnahmslos.

»Haben Sie gehört?« fragte Hanna beim Weiterreiten. »Das ist eine Probe für den Ernstfall mit Ihrem Vaterlande.«

»Die Herren Offiziere wünschen wohl alle den Krieg mit uns?« fragte Nadrenko dagegen.

»Wenn ich offen antworten soll«, erwiderte Hanna mit Ernst, während es in ihren Augen aufleuchtete, »dann muss ich diese Frage bejahen. Unsere Offiziere halten den Krieg mit Ihrem Lande für unvermeidlich. Und unsere ganze Grenzbevölkerung denkt ebenso. Wir verhehlen uns ja nicht, dass unsere Grenzbezirke von Ihren Truppen überrannt werden könnten, aber die Zustände, wie sie sich nachgerade hier an der Grenze entwickelt haben, sind unerträglich geworden.«

»Gnädiges Fräulein scheinen eine sehr glühende Patriotin zu sein!«

»Das ist doch bei uns selbstverständlich, Herr Graf. Bei Ihnen etwa nicht?«

Nadrenko zuckte mit einer etwas verlegenen Miene die Achseln.

»Sie erlassen mir wohl darauf die Antwort. Die Verhältnisse meines Landes sind lange nicht so einheitlich wie bei Ihnen. Da ist es schon möglich, dass die Meinungen über die Notwendigkeit eines Krieges mit Ihrem Vaterlande geteilt sind.«

Sie waren wieder auf einer Anhöhe angelangt, von der sich ihnen ein überraschender Anblick bot. Die weite Talmulde, die auf der Rückseite von einem bewaldeten Bergrücken abgeschlossen wurde, war mit Kavallerie angefüllt.

»Hurra, unsere Dragoner!« rief Hanna laut und schwenkte grüßend die Hand.

Mit sachverständigem Blick sah der ehemalige Offizier, dass das ganze Regiment in Gefechtsbereitschaft stand. Alle Offiziere hielten bei ihren Schwadronen und Zügen den blanken Säbel in der Hand. Abseits hielt der Oberst mit den Stabsoffizieren und Adjutanten.

Die Augen des Russen leuchteten.

»Ein schönes Regiment, gnädiges Fräulein. Meine Spezialkameraden von der Gegenseite.«

Er fasste Hannas Pferd am Zügel.

»Sie dürfen jetzt nicht stören, gnädiges Fräulein. Das Regiment wird sich wohl sofort in Bewegung setzen.«

Von dem bewaldeten Bergrücken herab kam ein einzelner Dragoner in gestrecktem Galopp angesprengt.

Schon von weitem hörte man ihn in unverkennbarem Dialekt ›Mäldung, Mäldung!‹ rufen. Ein Leutnant sprengte ihm entgegen und führte ihn zu der Stelle, wo der Oberst hielt. Wenige Sekunden später erscholl ein lauter Kommandoruf. Das Regiment setzte sich in Bewegung. Auf kurze Entfernung kam es im Trab an der Stelle vorüber, wo Hanna mit ihrem Begleiter hielt.

Die Offiziere senkten alle grüßend den Säbel. Fast in jedem Auge konnte man die Freude über die Begegnung mit der jungen Dame lesen. Hanna hatte die Hand gehoben. Dem Oberst, der sie mit freundlichem Lächeln grüßte, rief sie ein fröhliches ›Heil und Sieg!‹ zu.

Wie eine Bildsäule hatte Nadrenko auf seinem Gaule gesessen. Nur seine Augen funkelten. Hanna wandte sich zu ihm.

»Na, wie gefallen Ihnen unsere Dragoner?«

»Ich habe es schon gesagt, gnädiges Fräulein. Fast möchte ich wünschen, wieder Soldat zu sein, wenn das Schicksal es will, dass unsere beiden Reiche die Waffen kreuzen. Das wären doch andere Gegner als die elenden Japs, die wie Affen auf ihren kleinen, unansehnlichen Pferden hockten.«

Lachend erwiderte Hanna:

»Ich finde es sehr ritterlich von Ihnen, Herr Graf, dass Sie unseren Dragonern solch eine Anerkennung zollen, aber sollte Ihre Abneigung gegen die kleinen gelben Affen nicht doch aus einer erlittenen Niederlage stammen?«

»Nein, gnädiges Fräulein. Wo wir mit japanischer Kavallerie allein zusammenstießen, haben wir sie niedergeritten und zusammengehauen. Leider hing meistens an der Mähne jedes Pferdes ein Infanterist, und wenn wir vorbrachen, lag uns plötzlich eine Schützenkette gegenüber, in deren Feuer unser Ansturm zusammenbrach, weil uns die Pferde unter dem Leib erschossen wurden.«

Noch eine Stunde hatten sie den Gang der Übung verfolgt, ohne wenig mehr zu sehen und zu hören als die platzenden Rauchwolken der Artillerie, das rasselnde Gewehrfeuer unsichtbarer Schützenketten und Maschinengewehre.

Plötzlich stießen sie wieder auf die Dragoner, die hinter einem Waldrande abgesessen waren. Die Offiziere standen in Gruppen zusammen und unterhielten sich. Der Russe behielt noch gerade so viel Zeit, seiner Begleiterin zuzuflüstern, sie möchte ihn, falls eine Vorstellung sich nicht umgehen ließe, nicht als ehemaligen russischen Offizier bezeichnen, als sich auch schon die Gruppen öffneten und grüßend der Reiterin zuwendeten.

Hanna hatte für einen Augenblick ihr Pferd gezügelt.

Mitten unter den Offizieren hatte sie Wolf entdeckt, der sich seinen ehemaligen Kameraden angeschlossen hatte, als sie über seinen Gutshof ritten. Im nächsten Augenblick ließ sie jedoch ihr Pferd vorwärts gehen und wurde sofort von den Offizieren umringt, die sich lachend bei ihr erkundigten, ob sie gekommen wäre, Flurschaden festzustellen.

Einer der Offiziere bot ihr die Hand als Steigbügel und half ihr aus dem Sattel. Wolf war zurückgetreten und kam um den Kreis der Offiziere herumgehend auf Nadrenko zu.

»Sie auch hoch zu Ross?«

Ohne eine Miene zu verziehen, erwiderte Nadrenko ernsthaft:
»Das gnädige Fräulein haben gewünscht, das Feld zu besehen.«
»So, so«, meinte Wolf gleichmütig, »und Sie haben bei dieser Gelegenheit unsere Truppen zu sehen bekommen. Verstehen Sie auch etwas von der Kriegskunst?«
»Soviel ein Soldat niederen Grades davon verstehen kann, Herr Stutterheim.«
»Sie sind also auch Soldat gewesen?«
»Gott sei Dank gewesen«, erwiderte Nadrenko lächelnd. »Bei uns herrscht keine große Begeisterung für die Annehmlichkeiten dieses Standes.«
Wolf lachte und nickte.
»Mir sind die russischen Militärverhältnisse nicht unbekannt. Wie geht es Ihnen in der Wirtschaft?«
»Danke, Herr Stutterheim. Ich habe mich ja ziemlich hineingefunden, aber manchmal wäre es mir doch lieb, wenn ich einen mit den hiesigen Verhältnissen vertrauten Landwirt um Rat fragen könnte.«
»Dazu ist doch Brinkmann da. Leiten Sie denn hier die Wirtschaft?«
»Jawohl, Herr Stutterheim. Brinkmann liegt schwer krank, und da bin ich doch wohl der Nächste dazu, ihn zu vertreten.«
»Hoffentlich mit Erfolg. Im übrigen stehe ich Ihnen zu Diensten, wenn Sie meinen Rat brauchen.«
Er lüftete die Mütze und schlenderte langsam auf die Offiziere zu, die um Hanna einen Kreis gebildet hatten.
Eben begann er sich zu öffnen. Hanna winkte zum Abschied grüßend mit der Hand.
»Also auf Wiedersehen, meine Herren, in einer Stunde zu einem Steigbügeltrunk in Andreaswalde.«
Als sie sich umwandte, stand sie vor Wolf, der sich schweigend verbeugte.
»Ei, sieh' da, Wölflein. Hat dich die alte Lust am Kriegshandwerk auch herausgelockt? Ich sehe dich doch auch noch mit dem Regiment in Andreaswalde?«
»Bedaure sehr, Hanna. Ich habe heute schon zu viel Zeit meinen militärischen Neigungen geopfert und muss schnurstracks nach Hause.«
Mit heiterem Gesicht ging er neben ihr zu dem Pferde, das der Reitknecht heranführte, hielt ihr die Hand hin und hob sie wie eine Feder in den Sattel.

»Grüß' mir die drei Waisenmädchen in Andreaswalde. Wann kommen die Eltern nach Hause?«

Lachend rief Hanna vom Pferde herab:

»Das ist mir so unbekannt wie dir. Sie haben die Gelegenheit zu einem Dampferausflug in die Nordsee benutzt. Ich weiß seit vorgestern nicht einmal ihre Adresse.«

Sie hob noch einmal grüßend die Hand.

»Auf Wiedersehen in Andreaswalde.«

Das erste, was sie zu Hause erfuhr, war, dass Brinkmanns Zustand sich verschlechtert hätte. Der Arzt war dagewesen und hatte seine Überführung ins Krankenhaus angeordnet. Wahrscheinlich würde eine Operation notwendig sein.

Mit wenig Vergnügen vernahm Christel die Botschaft, dass Hanna die Dragoneroffiziere zu einem Imbiss und Trunk eingeladen hatte, denn die Arbeit, die dazu erforderlich war, fiel ihr zu, während Hanna sich in ihr Zimmer zurückzog, um sich für den Besuch umzukleiden. Und sie heimste auch die Lobsprüche ein, als die Offiziere auf die Berge belegter Brötchen tapfer losgingen und ebenso eifrig sich das frische, kalte Bier munden ließen.

Erst als das Militär abgezogen war, kam Christel zum Vorschein.

»War das nicht famos, Schwesterchen?« rief Hanna ihr entgegen. »Die Eltern werden sich freuen, wenn ich ihnen schreibe, dass wir das ganze Regiment zu einem Steigbügeltrunk hier gehabt haben.«

»Dann, bitte, vergiss nicht zu erwähnen, dass ich die Arbeit getan und du die Ehren eingeheimst hast.«

8.

Die Eltern waren zurückgekehrt. Ohne dass die älteren Schwestern es wussten, war Grete im Auto mit zur Bahn gefahren und hatte der Mutter unterwegs schon alles berichtet, was sich in ihrer Abwesenheit in Andreaswalde zugetragen hatte. Zuerst kamen die kleinen Ereignisse in der Wirtschaft an die Reihe. Dann gelangte sie über den Unfall Brinkmanns hinweg zu der Person des Herrn Nadrenko, und da sprudelte ihr Mund über.

Die Mutter hörte, wie es ihre Gewohnheit war, schweigend zu und tat nur ab und zu eine kurze Frage, um den Redefluss bei ihrem Nesthäkchen nicht stocken zu lassen.

Bei dem Empfang im Gutshause war Nadrenko nicht zugegen. Er hatte so viel Taktgefühl, auch zum Abendbrot nicht zu erscheinen. Entweder erwartete er eine Einladung von der Gutsherrschaft oder er hielt sich zurück, um die Aussprache in der Familie nicht durch seine Gegenwart zu stören. Erst eine Stunde nach dem Essen ließ er sich bei dem Gutsherrn melden und anfragen, ob er ihm Bericht erstatten dürfe. Ohne sich mit seiner Gattin vorher darüber zu verständigen, brachte Brettschneider den Russen, dessen Bericht ihn sehr zufriedengestellt hatte, in das Wohnzimmer, wo die Familie versammelt war.

Die Gutsherrin schien von dieser Eigenmächtigkeit ihres Gatten wenig erfreut zu sein. Nadrenko jedoch schien ihre kalte Zurückhaltung nicht zu merken, und wenn er sie merkte, wollte er sie augenscheinlich durch seine glänzende Unterhaltungsgabe besiegen. Und es gelang ihm wirklich, sich schon am ersten Abend die volle Gunst der Gutsherrin zu erwerben. Denn er verstand nicht nur zu unterhalten, sondern, was noch schwerer ist, klug zu fragen und mit dem tiefsten Verständnis zuzuhören. Und Frau Brettschneider erzählte gern und gut von der Reise, von der sie eine ganze Menge neuer, schöner Eindrücke mitgebracht hatte.

Als Nadrenko sich zu passender Zeit verabschiedet hatte, lautete ihr Urteil, dass der Russe ein vollendeter Kavalier sei, den man selbstverständlich fortan zu Tisch ziehen müsse.

Hanna hatte mit einiger Besorgnis der ersten Aussprache mit ihrer Mutter entgegengesehen. Und sie war froh, dass die Mutter mit ihrem Verhalten während der Zeit ihrer Abwesenheit zufrieden schien. Sie wusste nicht, dass die Mutter bereits von einem unbestimmten Verdacht erfüllt war, und sie sowohl wie Herrn Nadrenko den Abend über scharf beobachtete. Der Russe hatte sich nicht die geringste Blöße gegeben, während Hanna einige Male versucht hatte, die Aufmerksamkeit des Herrn Nadrenko auf sich zu ziehen.

Als die Schwestern den Eltern Gute Nacht wünschten, hielt die Mutter Hanna zurück.

»Mein Kind, ich habe mit dir noch ein paar ernste Worte zu sprechen. Unsere Lage hat sich durch die Erbschaft sehr zu unserem Vorteil geändert.«

»Wie viel haben wir denn geerbt?« fragte Hanna schnell.

»Darüber möchte ich mich auch zu dir nicht äußern. Ich kann dir aber sagen, dass sie groß genug ist, um in einer Großstadt, wenn wir Andreaswalde verkaufen, ein sehr behagliches Leben zu führen.«

»Ach, das wäre herrlich.«

»Vater ist leider nicht dafür zu haben. Er hat den Ehrgeiz, in landwirtschaftlichen Kreisen als Autorität zu glänzen, und als Hintergrund muss ihm der Besitz des Gutes dienen. Es ist aber nicht ausgeschlossen, dass er sich später bewegen lässt, es durch einen tüchtigen Menschen verwalten zu lassen, während wir nach der Stadt ziehen. Doch das war nicht die Hauptsache, was ich dir sagen wollte, mein Kind. Es wird sich wohl bald herumsprechen, dass Wolf bei uns nicht mehr die bevorzugte Stellung einnimmt, die wahrscheinlich manchen Herrn aus unserem Umgangskreis abgeschreckt hat, sich um dich ernsthaft zu bewerben. Nun wird das anders werden, denn auch die Nachricht von der großen Erbschaft wird ihre Wirkung tun. Ich kann wohl von dir erwarten, dass du als meine Tochter eine kluge Zurückhaltung beobachten und dich von mir bei der Wahl eines Gatten beraten lassen wirst. Ich will damit nicht sagen, dass du nicht dem Zug deines Herzens folgen sollst, wenn ein Mann in guter, gesicherter Stellung deine Neigung erwirbt. Du scheinst mir aber für wahllose Schwärmerei ebenso wenig veranlagt zu sein, wie ich es gewesen bin. Deshalb sage ich dir: Du wirst deine Ansprüche sehr hoch stellen können. Nicht wahr, du hast mich vollkommen verstanden?«

Mit leuchtenden Augen hatte Hanna zugehört.

Jetzt flog sie der Mutter an die Brust.

Christel hatte in Sorgen wach gelegen, denn sie glaubte, dass Hanna eine sehr energische Strafpredigt von der Mutter erhalten würde. Erstaunt sah sie Hannas Gesicht wie von dem Widerschein eines großen Glückes leuchten.

»Du scheinst ja sehr vergnügt zu sein?«

»Ich habe auch alle Veranlassung dazu, und du auch, denn Mutter hat mir eben gesagt, dass wir sehr reich geworden sind. Vielleicht ziehen wir bald in eine große Stadt.«

»Na, hoffentlich macht euch der Vater einen Strich durch die Rechnung«, damit drehte sie sich seelenruhig auf die andere Seite und war bald fest eingeschlafen, während Hanna noch lange wach lag. Sie versuchte, mit sich über Nadrenko ins Reine zu kommen. Der Russe hatte ihr in sehr deutlicher Weise den Hof gemacht, und ihr Herz war davon nicht ganz unberührt geblieben.

Sie war auf ihrem täglichen Spazierritt stets mit Nadrenko, den sie unter vier Augen immer Herr Graf nannte, zusammengetroffen und dabei hatten seine Augen jedes Mal eine sehr beredte und manchmal auch recht kecke Sprache geführt. Und sie musste sich sagen, dass sie ihn dazu ermutigt hatte. Bei einem Zusammentreffen hatte er ihr ein zierlich gewundenes Sträußchen von Feldblumen verehrt. Sie hatte es angenommen und war dabei wie ein kleiner Backfisch rot geworden.

Aber nun nahm sie sich vor, dass dieser harmlose Flirt, wie sie sich vor sich selbst entschuldigte, eine gewisse Grenze nicht überschreiten dürfte. Sollte sie ihn morgen wieder auf dem Felde treffen, würde sie schon damit anfangen, dass sie ihm nicht mehr die Hand gab, die er immer so feurig zu küssen sich erlaubte.

Am nächsten Tage kam Tante Mathilde auf ihrem Staatsfuhrwerk, wie sie es mit gutem Humor zu nennen pflegte, zu Besuch. Das war ein kleiner, tiefgebauter Wagen, dessen Rückwand hinuntergeklappt werden konnte, so dass sie mit ihrem Stuhl hinein- und hinausgeschoben werden konnte. Frau Brettschneider hatte im Stillen einen sehr großen Respekt vor der alten Dame.

Er war im Laufe der Jahre ganz allmählich gekommen, wahrscheinlich aus dem Gefühl heraus, dass Frau Stutterheim jedem Menschen mit ihren klaren Augen bis ins innerste Herz zu schauen verstand. Und diese Augen sprachen viel deutlicher und viel schärfer als der Mund.

Frau Stutterheim fiel sozusagen mit der Tür ins Haus. Nach der Begrüßung erklärte sie:

»Liebe Adele, ich komme, um dir Christel für ein paar Wochen auszuspannen. Ich will in den nächsten Tagen eine Kur beginnen ... lacht mich nicht aus, Herrschaften ... die Abdeckerfrau im Sybbaner Walde hat schon eine ganze Unzahl Menschen, die in der gleichen Tage waren wie ich, gesund gemacht. Denkt euch, sie schmiert die kranken Beine mit Dagget ... das ist schieres Pferdefett ... ein und erwärmt sie durch ein untergestelltes Kohlenbecken. Dabei macht sie ihren Hokuspokus, der natürlich vollständig überflüssig ist, den man sich aber gefallen lassen muss ... Herrschaften, könnt ihr euch das vorstellen, wie mir bei dem Gedanken zumute ist, dass ich nochmal auf eigenen Füßen marschieren könnte?«

Christel hatte sich eben neben sie gesetzt und an sie geschmiegt.
»Tante Mathilde!«
Die Tränen liefen ihr aus den Augen.

»Na ja, mein Kind«, sagte Frau Stutterheim leise und strich ihr mit der Hand über die Backe, »willst du zu mir kommen und mir ein bisschen helfen, die Wirtschaft in Ordnung zu halten? Ich muss jeden Tag ganz früh wegfahren und komme erst gegen Mittag nach Hause. Und mein Wölflein macht mir Sorge. Ich habe Mühe, ihn zum Essen zu bringen. Da wirst du mir dabei helfen, dass er uns nicht verhungert. Auch Kurt kommt in diesen Tagen nach Hause ... Es ist ein Jammer, nun hat der Junge sein Probejahr beim Gymnasium abgemacht und findet nicht einmal Beschäftigung in seinem Beruf.«

»Und nun will er zu Hause auf der Bärenhaut liegen?« fiel Hedwig ein.

»Nein, Jungfer Naseweis«, erwiderte Tante Mathilde lächelnd, »er ist vorgestern zum Reserveoffizier gewählt worden und wird seine unfreiwillige Mußezeit damit ausfüllen, dass er zunächst acht Wochen als Sommerleutnant in Lyck übt. Ich habe mir aber ausgebeten, dass er vorher noch ein paar Wochen mir schenkt.«

Kurz vor der Abfahrt fragte Tante Mathilde ganz beiläufig nach dem Verlauf der Reise, und Frau Brettschneider nahm die Gelegenheit wahr, ebenso beiläufig zu erwähnen, dass die traurige Veranlassung ihnen ein großes Glück in Gestalt einer sehr bedeutenden Erbschaft beschert hätte. Mit einem freundlichen Lächeln erwiderte Tante Mathilde trocken:

»Ja, Kinder, da seid ihr ja für eine Weile wieder fein raus.«

Frau Brettschneider schluckte die scharfe Pille, die noch durch einen schadenfrohen Blick ihres Gatten verdoppelt wurde, mit verlegenem Lächeln, und erst später fiel ihr ein, was sie darauf hätte antworten können.

An einem der nächsten Tage erschien Christel mit Sack und Pack in Dalkowen. Hedwig hatte es sich nicht nehmen lassen, die Schwester zu begleiten, um ihr, wie sie sagte, den Abschied vom Elternhause zu erleichtern. Kurz vor Mittag traf auch Kurt ein. Er war in Uniform, denn er hatte sich als neugebackener Leutnant bei den in Betracht kommenden Instanzen in seiner neuen Würde vorstellen müssen.

Ein sehr stattlicher junger Mann, der seinen älteren Bruder beinahe um einen ganzen Kopf überragte. Trotz der funkelnagelneuen Uniform fand ihn Hedwig abscheulich, denn er hatte sich sein schönes, dunkles Haar, das in sanft geschwungenen Wellenlinien seinen Kopf früher umrahmte, so kurz schneiden lassen, dass die Kopfhaut weiß durchschimmerte. Dafür waren seine gutmütigen, blauen Augen dieselben geblieben, und sein zierliches Schnurrbärtchen hatte in dem letzten halben Jahr sichtlich den Anlauf genommen, sich zu einem Wachtmeisterschnauzbart auszubilden.

Bei Tisch herrschte eine sehr lustige Stimmung.

Kurt behauptete, noch nie hätte er es so deutlich gefühlt, dass seiner Mutter zwei Töchter fehlten.

Die Mutter hatte darauf lächelnd erwidert: Sie hoffe bestimmt und recht bald, diese fehlenden Töchter zu bekommen, denn wozu hätte sie sonst ihre beiden Söhne.

Bei dieser Antwort waren beide Mädchen etwas errötet. Um ihnen zu Hilfe zu kommen, erklärte Wolf, dass er für seine Person die Hoffnung der Mutter enttäuschen müsse, eine Antwort, die das Rot auf Christels Wangen tiefer färbte. Wie unabsichtlich legte sich Tante Mathildes Hand auf Christels Arm, während sie lachend ihrem ältesten Sohn erwiderte:

»Du bist ein ganz komischer Kauz. Einen Scherz verkehrst du in bittern Ernst. Aber zum Glück. glaube ich nicht daran, und wenn ich erst auf meinen eigenen Füßen wandeln werde, laufe ich dir davon in die weite Welt, von der ich noch so wenig gesehen habe. Da wird mein Herr Sohn, wie ich ihn kenne, in seiner praktischen Gemütsart es doch wohl vorziehen, sich eine Hausfrau zu wählen.«

Die anderen, die dabei zu Tische saßen, hatten es gar nicht gemerkt, dass neben diesen Worten noch eine geheime Zwiesprache durch die Augen zwischen Mutter und Sohn stattfand. Ein abweisender Blick, der von Christel zur Mutter lief, die Antwort darauf war ein leuchtender, siegesgewisser Blick der Mutter, der von einem fast unmerklichen Kopfnicken begleitet war …

Dann lenkte sie das Gespräch in eine andere Bahn.

Wolfs Geburtstag stand in vierzehn Tagen bevor. Er sollte wie immer gefeiert werden. Dazu pflegten die jüngeren Offiziere seines Regiments, bei dem er gestanden und geübt hatte, zu erscheinen. Kurt sollte einige von seinen Kameraden mitbringen, dazu einige befreundete Familien aus der Umgegend.

Gegen Abend begleitete Kurt Hedwig nach Hause.

Er hatte sich ein bequemes Jagdzivil angezogen und nahm den Drilling mit. Er wollte noch einen Pirschgang auf den Rehbock unternehmen. Obwohl er aus Neigung das Studium erwählt hatte, das ihn im Beruf an die Stadt fesseln musste, hing er doch mit allen Fasern seines Herzens an der Natur. Hedwig neckte ihn damit, dass er als ›Schulmeister‹ auf die Jagd ginge. Er verteidigte sich gutmütig, und als sie ihm scharf zusetzte, erwiderte er ihr mit dem altbewährten Ausspruch: »Was sich liebt, das neckt sich.« Sie erwiderte schlagfertig darauf, das wäre keine Neckerei, das wäre ihr voller Ernst ...

9.

Am Johannitage wurde Wolfs Geburtstag in Dalkowen sehr fröhlich gefeiert. Der ganze unverheiratete Leutnant der Dragoner war erschienen. Und Kurt hatte auch eine Unzahl Kameraden mitgebracht. Auch die Andreaswalder waren gekommen. Es war wie ein stillschweigendes Übereinkommen, den Riss, der sich zwischen den beiden Familien aufgetan hatte, vor der Welt zu überdecken. Hanna hatte aus leichtbegreiflichen Gründen sich unpässlich gefühlt, was sie am Erscheinen hinderte. Auch das Nesthäkchen musste zu Hause bleiben und hatte seinem Unmut darüber drastischen Ausdruck gegeben. Sie meinte, sie müsse nur zu Hause bleiben, um Hanna zu bewachen.

Die Mutter hielt es für richtig, diese Ungezogenheit zu überhören, aber sie trug ihr doch soweit Rechnung, dass sie anordnete, Herrn Nadrenko das Abendbrot in seine Wohnung zu schicken.

Grete hatte sich inzwischen mit der frohen Aussicht getröstet, dass wenige Tage später, am 28. Juni, der Geburtstag ihrer Mutter durch ein großartiges Gartenfest gefeiert werden sollte, wovon man sie als Tochter des Hauses doch nicht ausschließen konnte.

Die Gartenfeste in Andreaswalde erfreuen sich in der ganzen Umgegend der größten Beliebtheit. Im Park wurde ein großes Zelt aufgeschlagen, in dem die älteren Herrschaften Platz nahmen, während die Jugend auf einem davorliegenden Tanzboden sich im Tanze drehte. Die ganze Regimentsmusik der Infanteristen spielte dazu auf. Der ganze Park war mit Lampions erleuchtet ... Die Bewirtung war immer großartig.

Es gab eine Riesenbowle, bei der man nie auf den Grund kam. Köstliches Pilsner vom Fass, das so schnell aus dem Zapfen lief, dass es nie geriet, seine Eiskellertemperatur zu verlieren. Selbst das Aufgehen der Sonne setzte der Fröhlichkeit kein Ziel ... man pflegte sie jedes Mal durch eine lange Polonaise unter Vorantritt der Musik zu begrüßen.

In Dalkowen ging es viel einfacher zu. Die Gäste erhielten zuerst nach guter, alter ostpreußischer Sitte trotz der sommerlichen Wärme ein Glas Grog vorgesetzt, das die Wirkung haben soll, den inneren Menschen so weit zu erwärmen, dass ihm der Unterschied mit der äußeren Temperatur weniger fühlbar wird.

Dann gab's ein gediegenes Abendessen nach dem ostpreußischen Rezept: gut und reichlich. Und den Beschluss bildete ein Tänzchen, zu dem ein ländliches Orchester, aus Geige, Klarinette und Bass bestehend, aufspielte.

Hanna hatte mit Grete allein zu Abend gegessen.

Die Kleine, die sich gerade in dem Zustand befand, den man bei Jungen derb aber richtig als Flegeljahre bezeichnet, stichelte ihre ältere Schwester mit der Bemerkung, sie wüsste ganz genau, weshalb Hanna so verstimmt wäre.

»Das glaube ich nicht«, erwiderte Hanna mit großer Selbstbeherrschung, »aber ich will es dir sagen. Du bist alt genug, um es zu verstehen. Wolf hat sich um meine Hand beworben und ich habe ihn abweisen müssen.«

»Da bist du schön dumm gewesen«, warf Grete ein, und auf ihrem Gesicht spiegelte sich noch deutlicher als in ihren Worten das abfällige Urteil über das Verhalten ihrer älteren Schwester.

»Das verstehst du nicht, Kleinchen«, gab Hanna ruhig zur Antwort. »Man heiratet nur den Mann, den man von Herzen lieb hat ...«

»Ach so«, rief Grete lebhaft aus, »jetzt weiß ich alles, jetzt brauchst du mir nichts mehr zu sagen. Du liebst jetzt einen anderen.«

Nun verlor Hanna ihre Selbstbeherrschung und drohte Grete, sie sofort nach dein Abendbrot ins Bett zu bringen, wenn sie so ungezogen wäre.

»Das möchte dir passen«, erwiderte Grete frech.

Den Nachsatz getraute sie sich vor Hannas drohenden Augen nicht auszusprechen.

Nach dem Essen setzte sich Hanna ans Klavier und spielte. Was sie spielte, war ihr gleichgültig, sie wollte sich nur selbst beschäftigen, ihre Gedanken ablenken.

Grete hatte sich in einen Liegestuhl niedergelassen und ein Buch vorgenommen. Eine Stunde hielt sie es aus, dann stand sie auf.

»Gute Nacht, Hanna, ich gehe allein hinauf, ich bin müde.«

Hanna nickte ihr zu und spielte weiter. Noch schien das Abendrot vom westlichen Himmel durch die geöffneten Fenster herein. Jetzt begann ein heller Schimmer mit dem verbleichenden Rot zu streiten ...

Im Osten stieg der Vollmond wie eine riesengroße Scheibe über dem Horizont empor. Auf den frischgrünen Blättern, die in einem kaum fühlbaren Lufthauch erzitterten, lag ein merkwürdiger Glanz, der immer heller wurde und zuletzt eine silberne Farbe annahm, je mehr das nächtliche Gestirn am Himmel emporstieg.

Durch das Dämmerlicht schwirrten die Fledermäuse wie schwarze Nachtfalter ... Über dem Rasenplatz vor dem Hause, der mit blühenden Rosenstöcken umsäumt war, standen dichtgedrängte Mückenschwärme, von denen ein summender Ton ausging ... Wie im Taumel wirbelten die zahllosen Flügelträger in der lauen Sommerluft durcheinander, ewig wechselnd und doch immer auf derselben Stelle.

Jetzt erhob weit hinten im Park unsere nordische Nachtigall, die wir so prosaisch als Sprosser zu bezeichnen pflegen, ihre sehnsüchtige Stimme, die einem liebenden Herzen so viel sagt. Die zweite, die dritte fiel ein.

Wie ein hässlicher Misston fuhr das klagende ›Huhuhu‹ einer Eule dazwischen. Armer Vogel! Die abergläubischen Menschen halten deinen Ruf für die Ankündigung eines Unheils, und doch ist er dasselbe wie das schmelzende Liebeslied der Nachtigall, der Sehnsuchtsschrei eines liebebedürftigen Herzens, dem die Natur leider den düstern Klang verliehen hat.

Hanna hatte aufgehört zu spielen und war ans Fenster getreten. Der Mondesglanz, der in silbernen Bändern durch die Zweige der Bäume floss, lockte sie hinaus. Wie im hellen Tageslicht leuchteten die mit gelbem Kies bestreuten Gänge. Sie holte sich ein leichtes Spitzentuch und trat vor die Tür. Einen Augenblick spähte sie hinaus und lauschte. Da hörte sie ihr Blut in den Adern des Halses und an den Schläfen pochen.

Zweimal ging sie langsam um das Rondell vor dem Hause, brach eine kaum erblühte Teerose und steckte sie sich an die Brust. Dann war's ihr, als wenn die Nachtigall sie tiefer in den Park hinein lockte. Schreckhaft wie ein Schmalreh schritt sie mit leisen Schritten dahin ...

Durch den Park floss mit starkem Gefälle ein kleiner Bach. An einer Stelle hatte man ihn durch ein Wehr gestaut, so dass er einen kleinen Teich bilden musste.

An dem Überfall, wo das Wasser in einem breiten, silbernen Band zur Tiefe stürzte, stand eine Bank, die von klein auf ihr Lieblingsplatz gewesen war. Von zwei uralten Linden überdacht, die jeden Sonnenschein abhielten, während vom Wasser her labende Kühlung wehte.

Von der Bank erhob sich Nadrenko und grüßte mit tiefer Verbeugung.

»Ah, gnädiges Fräulein, welch' eine Überraschung, welch' ein Glück!«

Hanna blieb stehen und warf den Kopf zurück.

»Herr Graf, wie kommen Sie hierher?«

»Ich bitte tausendmal um Verzeihung, dass ich mir die Freiheit genommen habe, hier einzudringen. Ich glaubte, es wäre niemand von den Herrschaften zu Hause.«

»Sie müssen schon eine andere Entschuldigung finden, Herr Graf ... Ich weiß doch, dass Sie in Ihren Zimmern mein Klavierspiel hören können.«

»Gnädiges Fräulein sind unerbittlich«, erwiderte Nadrenko und legte die Hand aufs Herz, während er sich tief verbeugte. »Dann muss ich die Wahrheit sagen. Die vermessene Hoffnung, dass gnädiges Fräulein von demselben Gesang, der mich hierherzog, angelockt, noch einen Spaziergang durch den Park unternehmen würden, hat meine Schritte hierher gelenkt.«

Hanna hörte in diesem Augenblick, als wenn sie eben von ihr ausgesprochen würden, die Worte ihres Schwesterleins: »Das möchte dir so passen.« ...

»Und ich bin nur in den Park gegangen, weil ich sonst stets sicher bin, niemand hier zu finden, niemand, Herr Graf.«

»Ich werde gnädiges Fräulein sofort von meiner Gegenwart befreien. In meinem Lande hat man allerdings nicht so strenge Begriffe, und ich meine, dass auch bei Ihnen jede junge Dame durch sich selbst genügend beschützt ist.«

»Selbstverständlich, Herr Graf, nur muss es sich danach richten, was man für schicklich hält.«

»Würden Sie es nicht für schicklich halten, dass ich Sie durch den in hellem Mondschein liegenden Park begleite? Wenn ich Ihnen, gnädiges Fräulein, in Gegenwart Ihrer Eltern meine Begleitung angeboten hätte?«

»Diese Voraussetzung fehlt ...«

Das ›leider‹, das sich ihr auf die Zunge drängen wollte, verschluckte sie, aber es war, als hätte Nadrenko das Wort geahnt. Er erwiderte lächelnd:

»Wir können sie ja nachträglich einholen, indem wir aus unserer Begegnung kein Hehl machen.«

»Sie gehen von einer ganz falschen Voraussetzung aus, Herr Graf, Sie scheinen anzunehmen, dass mir Ihre Begleitung erwünscht wäre ...«

»So vermessen bin ich nicht. Ich darf nur die Bitte wagen, meine Begleitung zu dulden. Und ich würde es als ein großes Glück betrachten, wenn Sie mir die Bitte gewähren wollten. Ich habe Ihnen, gnädiges Fräulein, eine Mitteilung zu machen, die mich nötigt, Ihren Rat und Ihre Fürbitte ins Anspruch zu nehmen.«

Hanna stand noch immer auf demselben Platz.

Dicht am Ufer des Teiches, hell beschienen vom Mondenlicht. Jetzt trat Nadrenko aus dem Schatten heraus ein paar Schritte auf sie zu. Sie sah, dass seine Augen leuchteten. Unwillkürlich machte sie einen Schritt rückwärts.

»Bitte, mich nur einen Augenblick anzuhören, gnädiges Fräulein. Ganz kurz: Mein Schicksal hat sich zum Besseren gewendet. Meinem Vater ist es gelungen, mich von dem Verdacht zu befreien, der auf mir lastete. Meine Regierung stellt nur die Bedingung, dass ich wieder in das Heer eintrete. Sie will mir sogar die Jahre anrechnen, in denen ich nicht aktiv gewesen bin. Ich trete als Rittmeister wieder in die Armee ein bei meiner alten Etappe, die jetzt in der Festung Ossowiec in Garnison liegt. Ein Eliteregiment, gnädiges Fräulein. Sie werden mir nachfühlen können, dass ich freudig zugestimmt habe.«

»Das ist allerdings eine große Überraschung, Herr Graf, zu der ich Ihnen Glück wünsche.«

Unwillkürlich hatte sie ihm die Hand hingestreckt und war erschreckt, als er sie an seine Lippen führte.

»Ich bin nur in Sorge, gnädiges Fräulein, dass ich Ihrem Herrn Vater gerade jetzt, wo die Ernte beginnt, durch meine Entfernung in Verlegenheit setzen muss.«

»Die Ernte?«

»Jawohl, zunächst die Heuernte, dann kommt der Rübsen an die Reihe, dann der Roggen. Ich habe auch meine Gründe, die wirkliche Ursache meiner Rückkehr in meine Heimat vor jedem anderen, außer Ihnen, geheim zu halten.«

»Das seh' ich nicht ein, Herr Graf.«

»O doch, ich könnte leicht in. einen falschen Verdacht geraten, gegen den ich mich gerade in Ihren Augen wehren möchte. Ich nehme aus Deutschland keine anderen Eindrücke mit, als dass Sie ganz vorzügliche Truppen haben, denen ich nie als Feind gegenübertreten möchte. Unsere beiden Länder haben länger als ein Jahrhundert als Freunde, als Verbündete Schulter an Schulter gestanden. Ich habe eine persönliche Veranlassung, zu wünschen, dass dieses befreundete Verhältnis für alle Zukunft bestehen bleiben möge. Ich wünsche mich auch von Ihrem Elternhause in einer Form zu lösen, die mir gestattet, als ein Freund wieder zu erscheinen.«

Seine Stimme bebte, seine Augen leuchteten, so dass Hanna, die den Sinn seiner Worte wohl verstand, ihren Blick niederschlug. Auch ihre Stimme war nicht ganz fest, als sie antwortete:

»Ich kann Ihnen nur raten, Herr Graf, sich darüber zu meinem Vater offen auszusprechen. Sie werden ihn ja sehr in Verlegenheit bringen, wenn Sie uns so plötzlich verlassen.«

»Das ist ganz ausgeschlossen, gnädiges Fräulein, und ich darf wohl hinzufügen, dass ich gern im Hause Ihrer Eltern bleiben werde, bis ein Ersatz für mich gefunden ist.«

»Wollen Sie denn jetzt nicht ihr Inkognito lüften, Herr Graf?«

»Das möchte ich unter keinen Umständen, und ich bitte, gnädiges Fräulein, die Gründe zu achten, die mich dazu zwingen. Ich hoffe, bald, recht bald in Uniform bei Ihnen erscheinen zu können. Darf ich mir die Frage erlauben, ob Sie damit einverstanden sind, wenn ich Ihre Eltern um die Erlaubnis dazu bitte?«

Hanna wusste genau, was diese Frage bedeutete.

Es war nichts mehr und nichts weniger als die Bitte, sich um ihre Hand bewerben zu dürfen. Um ihr Herz warb er schon lange. Und das Herz pochte unruhig und bäumte sich gegen den Kopf auf, der die Ermahnung der Mutter befolgen wollte. Mit möglichst unbefangener Stimme erwiderte sie ruhig:

»Herr Graf, ich bin nicht gewöhnt, an den Entschließungen meiner Eltern Kritik zu üben … Wen meine Eltern als Freund des Hauses empfangen, muss auch mir willkommen sein.«

Mit einer tiefen Verbeugung griff Nadrenko nach Ihrer Hand. Sie fühlte einen heißen Kuss auf ihrer Hand. Sie sah Nadrenko nach einigen Schritten sich umwenden und nochmals verbeugen. Wie von einem Traum umfangen, schritt sie langsam den Weg zurück.

Hinten im Park schlug die Nachtigall. Hanna war's, als wenn diese Töne sich in Worte umsetzten. Ihr Herz sang mit.

10.

Das Gartenfest in Andreaswalde war vom besten Wetter begünstigt. Am Tage hatte die Sonne mit aller Kraft geschienen. Gegen Abend begann sich der Himmel mit leichten Wolken zu überziehen, die eine zu starke Abkühlung verhinderten. Die Zahl der Gäste ließ eine feste Tafelordnung unmöglich erscheinen. Man musste sich deshalb mit einem ostpreußischen ›Trampeltisch‹ behelfen.

Das ist beileibe kein kaltes Büfett, sondern auf eine große Sammeltafel werden gleichzeitig alle Hauptgerichte aufgetragen … Die Gäste speisen an kleinen Tischen, an denen sie der Zufall oder Verabredung zusammenführt. Sie sind nur gezwungen, sich ihre Speisen selbst zu holen und aufzulegen, woraus aller Wahrscheinlichkeit nach der derbe Name entstanden sein mag.

Der Jugend war diese Form der Veranstaltung stets viel lieber als eine feste Tischordnung, die immer mehrere Stunden raubte, die sie lieber dem Vergnügen des Tanzes widmete.

Die Bewirtung war geradezu verschwenderisch.

Die Gäste speisten in der allerbesten Laune, als Grete sich möglichst unauffällig dem Major Kauenhoven von den Dragonern näherte und ihm einige Worte ins Ohr flüsterte: Er sei von einem Herrn am Telefon verlangt worden.

Der Major erhob sich und verschwand im Arbeitszimmer des Hausherrn. Erst nach geraumer Zeit kehrte er zur Gesellschaft zurück. Es gehörte nicht viel Menschenkenntnis dazu, um ihm anzusehen, dass er stark verstimmt war. Eine teilnehmende Frage wies er mit der kurzen Antwort zurück, er habe eine dienstliche Meldung erhalten, die ihm etwas die Laune verdorben hätte. Keiner fand etwas daran, dass er nach dem Abendessen seinen Adjutanten Leutnant Günther beiseite nahm und ihm einige Worte sagte. Zehn Minuten später waren alle Offiziere, auch die des Infanterieregiments, im Arbeitszimmer des Hausherrn versammelt. Erstaunt sahen sie sich gegenseitig an, und der allzeit zu schlechten Scherzen aufgelegte Leutnant Lottermoser flüsterte seinem Nebenmann so deutlich zu, dass es alle anderen verstanden:

»Du, Dicker, das ist zum mindesten die Kriegserklärung mit Russland.«

»Ach, Herr Leutnant«, sagte der Major ernst, »wollen Sie nicht erst abwarten, was ich Ihnen mitzuteilen habe? Es könnte in seinen Folgen vielleicht darauf hinauslaufen. Denken Sie sich, meine Herren, heute sind da unten in Bosnien und Herzegowina in der Hauptstadt Sarajevo der österreichische Thronfolger Erzherzog Franz Ferdinand und seine Gattin durch Mörderhand gefallen. Ein Bombenattentat wurde durch die Geistesgegenwart des Erzherzogs vereitelt. Trotzdem setzte das hohe Paar seine Fahrt fort. Eine Stunde später fiel es unter den Kugeln eines jungen Serben ...«

Eine stumme Pause trat ein, in der man die aufgeregten Atemzüge der Offiziere vernehmen konnte.

Endlich sagte Hauptmann Winter leise mit bebender Stimme:
»Entsetzlich, unerhört.«

»Ja, meine Herren es ist entsetzlich. Man hat bereits außer dem eigentlichen Mörder mehrere Mitschuldige verhaftet, und alle Anzeichen weisen darauf hin, dass der Mordplan von den offiziellen Regierungsvertretern Serbiens begünstigt worden ist.«

»Das kann Österreich sich nicht ungesühnt bieten lassen. Das bedeutet Krieg mit Serbien. Dann wird Russland eingreifen, das nur auf die Gelegenheit lauert. Wir müssen Österreich Treue bewahren und gegen Russland marschieren. Dann ist für Frankreich der Bündnisfall gegeben ...«

»Wenn nur Österreich die nötige Energie in diesem Fall entwickelt ... Es ist bisher immer mutig zurückgewichen ...«

»Das ist in diesem Falle vollkommen ausgeschlossen«, rief Hauptmann Winter dazwischen. »Wenn die Fäden der Verschwörung sich bis in den Konak von Serbien verfolgen lassen, muss energisch durchgegriffen werden, sonst macht Österreich sich zum Gespött der ganzen Welt.«

»Wir wollen jetzt von einer Erörterung absehen, meine Herren«, mahnte der Major. »Um die Feier nicht allzu sehr zu stören, wollen wir die Nachricht verbreiten, dass morgen der Divisionär erscheinen wird, dem zu Ehren eine große Übung im Gelände ausgeführt werden soll. Das gibt uns den Vorwand, früher als sonst von hier aufzubrechen. Noch eins, es wäre mir lieb, wenn die jüngeren Herren sich nicht am Tanze beteiligen wollten.«

Er hatte kaum ausgesprochen, als sich die Tür öffnete. Der Hausherr trat mit einem Extrablatt ins Zimmer.

»Das hat eben mein Auto aus der Stadt gebracht. Ich glaube aber, die Herren sind schon unterrichtet.«

»Jawohl, Herr Brettschneider«, erwiderte der Major, »ich habe es bei Tisch durchs Telefon erfahren, und wir bedauern alle lebhaft, dass die Nachricht so jäh in ihre Festesfreude hineingefahren ist. Alleine Kameraden müssen unter diesen Umständen auf die weitere Teilnahme verzichten.«

»Das sehe ich nicht ein, Herr Major«, entgegnete der Gutsherr, »wir verzichten auf den Tanz und schicken die Musik nach Hause. Dann können wir noch gemütlich einige Stunden beisammen sein. Sie würden ja auch in der Stadt sich nicht vereinzeln oder gar zu Bett gehen.«

Die Gesellschaft im Park glich einem aufgestörten Bienenschwarm. Unaufhörlich bildeten sich neue Gruppen. Das Entsetzliche der Nachricht hatte alle Gemüter verstört. Hier und dort erörterte man auch bereits die mutmaßlichen Folgen des Ereignisses.

Wolf hatte auf Zureden seiner Mutter das Fest in Andreaswalde besucht, um nicht müßigen Zungen einen Anlass zur Betätigung zu bieten. Auch Nadrenko befand sich unter den Gästen. Er hatte am frühen Morgen der Gutsherrin einen großen, sehr geschmackvoll gewundenen Strauß von Feld- und Waldblumen nebst einem kleinen, aber witzigen Gedicht geschickt, das sie mit Juno, der Herrscherin des Himmels, verglich.

Frau Brettschneider hatte es nicht unterlassen können, das Gedicht einigen älteren Damen zu zeigen. Und um dem Dichter mehr Relief zu geben, hatte sie einiges von seiner Lebensgeschichte angedeutet. Er sei eigentlich ein russischer Graf und Offizier, der mit seiner Regierung in Konflikt geraten wäre und hier in Deutschland hätte Zuflucht suchen müssen. Mit der zauberhaften Schnelligkeit, mit der solche Dinge sich verbreiten, war diese Mitteilung alsbald zu allen Festteilnehmern gedrungen. Bald danach saß Nadrenko im Kreise der jüngeren Offiziere, die nicht nur seine sehr offenherzigen Schilderungen des russisch-japanischen Krieges mit Interesse lauschten, sondern ihn auch mit allerlei Fragen stark zusetzten.

Als die Offiziere sich versammelten, blieb er allein zurück. Aber nicht lange. Wolf kam langsam angeschlendert und setzte sich neben ihn.

»Alle Achtung, Herr Nadrenko, die Wirtschaft in Andreaswalde läuft wie am Schnürchen. Man könnte wirklich glauben, dass Sie keinen anderen Beruf hätten als den eines Landwirts.«

Lachend gab Nadrenko zur Antwort:

»Welch' einen Beruf sollte ich denn sonst haben, Herr Stutterheim?«

Wolf sah ihm scharf ins Gesicht.

»Sie sind noch immer russischer Offizier, Herr Nadrenko. Und die Landwirtschaft ist nur ein zu bestimmten Zwecken erwählter Nebenberuf.«

Der Russe nickte.

»Sie haben durchaus Recht, Herr Stutterheim. Die Landwirtschaft habe ich erlernt, weil mir jeder andere Beruf verschlossen war. Ich habe auch keinen Hehl daraus gemacht, dass ich russischer Offizier gewesen bin, und ich kann jetzt hinzufügen, dass ich es wieder bin. Jawohl, Herr Stutterheim, meinem Vater ist es gelungen, mich von dem bösen Verdacht zu reinigen, der auf mir lastete. Ich bin seit einigen Tagen Rittmeister bei den früher Revalschen Dragonern, die so freundschaftliche Beziehungen mit Ihren Fünfundvierzigern angeknüpft hatten, als sie noch in Grajewo standen.«

»Und weshalb halten Sie sich noch in Deutschland auf, Herr Rittmeister Nadrenko?«

»Graf Tolpiga, wenn ich bitten darf. Ich habe keine Ursache mehr, meinen wirklichen Namen geheim zu halten. Und auf Ihre Frage will ich offen und ehrlich antworten. Ich bin Herrn Brettschneider zu großem Dank verpflichtet und will ihn nicht in Verlegenheit lassen, bis er einen Ersatz für mich findet. Ich weiß, was Sie denken«, fuhr er lächelnd fort. »Was ich hier in Deutschland von Ihrer Kriegsbereitschaft gegen mein Vaterland kennen gelernt habe, ist wohl auch unseren leitenden Kreisen nicht unbekannt. Ich will aber offen hinzufügen, dass ich in der Vorstellung einer uralten traditionellen Freundschaft zwischen unseren beiden Ländern aufgewachsen bin und keinen anderen Wunsch habe, als dass diese Freundschaft allen Anfechtungen zum Trotz noch viele Jahre bestehen bleiben möge.«

In einem aufwallenden Impuls streckte Wolf dem Grafen die Hand entgegen.

»Ich habe Sie ein wenig um Entschuldigung zu bitten für einen Verdacht, der in mir aufgestiegen war.«

Er wies mit der Hand auf den Chauffeur hin, der eben dem Hausherrn ein Extrablatt überreichte.

»Dort wird eben eine Nachricht bekannt, die ich seit einer Stunde kenne. Der österreichische Thronfolger ist in Sarajevo von einem Serben ermordet worden. Das bedeutet Krieg, Herr Graf. Krieg zwischen Österreich und Serbien. Krieg zwischen Österreich und Russland. Krieg zwischen Russland und Deutschland. Krieg zwischen Deutschland und Frankreich. Der Weltkrieg steht vor der Tür. Der Funke ist in das Pulverfass gefallen.«

Der Graf schüttelte den Kopf.

»Nein, Herr Stutterheim, so leicht entschließt sich mein Vaterland nicht, gegen Deutschland und Österreich zu kämpfen. Ich kenne seine Verhältnisse besser als Sie und sage Ihnen ganz offen, dass wir noch lange Jahre brauchen, um die Folgen unserer Niederlage im Osten zu beseitigen. Ich würde es für ein Verbrechen halten, wenn die in jedem Lande vorhandene Kriegspartei bei uns die Oberhand gewinnen sollte.«

»Mir scheint, Herr Graf, Ihr Urteil ist zu sehr von einem Wunsch beeinflusst.«

»Das will ich zugeben«, erwiderte der Russe lächelnd, »ich habe den sehr lebhaften Wunsch, dass es mir vergönnt sein möchte, mit der Familie Brettschneider in freundschaftlichen Beziehungen zu bleiben.«

»Sie brauchen sich nicht so vorsichtig auszudrücken, Herr Graf, Sie hätten ruhig sagen können: In verwandtschaftliche Beziehungen zu treten.«

»Ich kann nicht leugnen, Herr Stutterheim.«

»Vor mir brauchen Sie daraus keinen Hehl zu machen. Ich stehe Ihnen nicht im Wege. Ich habe mich einige Zeit in einem großen Irrtum bewegt, der jetzt jedoch endgültig aufgeklärt ist.«

Der Graf streckte ihm die Hand entgegen.

»Herr Stutterheim, für Ihre Offenheit vielen Dank. Vielleicht komme ich noch einmal in die Tage, mich Ihnen dafür erkenntlich zu zeigen.«

»Keine Ursache.«

Wolf stand schon auf, verbeugte sich leicht und ging den Offizieren entgegen, die eben aus dem Hause traten.

»Wissen Sie schon?« rief ihm Hauptmann Winter entgegen.

»Jawohl, Herr Hauptmann. Einen Augenblick, meine Herren, ich habe Ihnen etwas mitzuteilen.«

Die Offiziere scharten sich um ihn.

»Der Russe, der unter uns weilt, ist Rittmeister bei den Revalschen Dragonern.«

»Zum Deiwel auch«, rief der Major halblaut aus, »das ist womöglich ein Spion.«

»Das glaube ich mit Bestimmtheit verneinen zu können«, erwiderte Wolf. »Einige Zeit hatte ich auch den Verdacht, den ich aber für unbegründet halte.«

»Auf jeden Fall werden wir uns in unseren Gesprächen etwas Rücksicht darauf auferlegen müssen. Und morgen werde ich mir trotz Ihrer Versicherung darüber Gewissheit zu verschaffen suchen, ob ein Graf Tolpiga in der russischen Rangliste steht.«

11.

Die Aufregung, die durch die Schreckensnachricht aus Sarajevo in Deutschland hervorgerufen worden war, begann allmählich nachzulassen. Alle Einzelheiten des Attentats waren ausführlich gemeldet und erörtert worden. Man hatte auch geschrieben, dass Österreich von Serbien Genugtuung verlangen müsse, aber man vernahm nichts, was darauf schließen ließ, dass unsere Verbündeten entschlossen wären, nachdrücklich Sühne zu heischen und sie im Notfall mit Waffengewalt zu erzwingen. In Ostpreußen herrschte ein großes Gefühl der Enttäuschung. Die ewigen Reibereien an der Grenze, die frechen Übergriffe der russischen Soldateska, die im besten Fall mit einer lendenlahmen Entschuldigung von russischer Seite beigelegt wurden, hatten ein Gefühl der Erbitterung in der ganzen Bevölkerung erzeugt, die sich in einer frohen Hoffnung auf einen frisch-fröhlichen Krieg mit dem östlichen Nachbar kundgab. Und selbst in den Grenzbezirken, wo man doch ziemlich sicher mit einer sofortigen Überflutung durch die kriegsstarke, hinter der Grenze liegenden Truppenmacht der Russen rechnen musste, herrschte dieselbe Stimmung, ohne Rücksicht auf die eigene Gefahr.

Man begann anzunehmen, dass der Kaiser in seiner bekannten Friedensliebe auch diesmal den Sturm besänftigen würde. Eine Gefahr schien auch nicht so unmittelbar vorzuliegen, denn der Kaiser befand sich auf seiner alljährlichen Nordlandreise, und vergebens spähte man in den Zeitungen nach der Nachricht, dass er sie vorzeitig abbrechen würde.

Etwa acht Tage nach dem Gartenfest in Andreaswalde kam Kurt nach Hause. Sofort suchte er seinen Bruder auf dem Hof auf und führte ihn ein Stück abseits.

»Ich habe dir etwas sehr Wichtiges mitzuteilen. Es ist festgestellt, dass der Graf Tolpiga unrichtige Angaben über seine Vergangenheit gemacht hat. Er hat bis zum Frühjahr, das letzte halbe Jahr bereits als Rittmeister in Ossowiec bei den Revalschen Dragonern gestanden und ist von dort wenige Tage, bevor er hier bei uns erschien, mit unbekanntem Ziel abgereist. Was er über seine Verfolgung durch die russische Regierung usw. erzählt hat, ist ein Märchen. Ich glaube, die Militärbehörde wird sich wohl recht bald und ganz plötzlich mit der Person dieses interessanten Herrn beschäftigen.«

Wolf führte mit der geballten Faust einen Schlag durch die Luft.

»Mein Verdacht war also doch richtig. Aber weshalb ist der Bursche denn so unvorsichtig, seinen richtigen Namen und seinen Charakter als Offizier so offen kundzugeben?«

»Vielleicht hoffte er damit jeden Verdacht zu entkräften. Oder er verfolgte damit irgendeinen Nebenzweck, den wir nicht kennen.«

»Du hast recht, Bruder. Und ich glaube den Nebenzweck zu kennen. Wenn er ihn nicht nur schon erreicht hat.«

»Was meinst du damit?«

»Ahnst du das wirklich nicht, Kurt? Der Herr Graf hat seine Zeit hier dazu benutzt, mit einem etwas törichten Mädchen eifrig zu flirten. Und er scheint herausgefunden zu haben, dass sein Grafentitel ihm dabei sehr zustatten kommt.«

»Aber Wolf, du meinst doch nicht etwa Hanna?«

»Jawohl«, erwiderte Wolf mit heiserer Stimme. »Ich meine das Fräulein Hanna Brettschneider, das die Zeit, in der die Eltern fort waren, sehr eifrig benutzt hat. Sie hat den Russen zu Tisch gezogen. Sie hat abends mit ihm musiziert.«

»Armes Bruderherz«, sagte Kurt leise und griff nach seiner Hand.

»Lass' das, Kurt. Das ist für mich abgetan. Jetzt sehe ich alles klar. Der Mutter wegen musste Herr Nadrenko sein Inkognito aufgeben. Weißt du, was ich daraus schließe?«

»Ich glaube es zu wissen. Du vermutest, dass Hanna den Russen liebt?«

»Jawohl.«

»Dann beantworte nur eine Frage, Wölflein: Hast du dir bei Hanna einen Korb geholt?«

»Auf Umwegen, ja.«

»Na, dann geht dich doch die ganze Sache weiter nichts an, lieber Bruder.«

»In der Weise, wie du es meinst, allerdings nicht im Geringsten«, erwiderte Wolf mit fester Stimme, »aber wir sind mit den Nachbarn in Andreaswalde so viele Jahre eng befreundet, und mir würde es um Hanna leidtun, wenn sie sich ernstlich mit ihrer Neigung für den Russen engagiert hätte.«

»Wenn du so denkst, wäre es deine Pflicht, Onkel Brettschneider zu warnen.«

»Ich denke nicht daran! Das gäbe ein Trauerspiel mit dem Titel: Die Rache des verschmähten Liebhabers.«

»Wollen wir nicht die Sache der Mutter erzählen und ihren Rat einholen?« warf Kurt ein.

»Du hast recht, Bruder.«

Frau Stutterheim unterbrach ihren Ältesten schon nach den ersten Worten:

»Du brauchst mir nichts zu erzählen. Wolf. Ich weiß bereits alles. Ja, ich weiß noch mehr als ihr. Hanna hat dem Russen an deinem Geburtstag ein Stelldichein im Garten gegeben. Grete hat ihn in den Park gehen sehen, und eine Viertelstunde später ist ihm Hanna nachgefolgt. Ich habe dem kleinen, vorlauten Ding Stillschweigen auferlegt und hoffe, dass sie es halten wird. Dann bin ich mit mir zurate gegangen, ob ich verpflichtet bin, den Eltern davon Mitteilung zu machen. Ich bin davon abgekommen. Hanna ist alt genug, um zu wissen, was sie tut. Und ich halte sie für zu klug, als dass ich ihr eine noch größere Dummheit zutrauen könnte.«

»Der Herr Graf hat mir beim Gartenfest Andeutungen gemacht, dass er sich ernsthaft um Hannas Hand bewerben will. Jetzt scheint mir diese vertrauliche Mitteilung auch nur den Zweck gehabt zu haben, einen Verdacht, der gegen ihn aufgetaucht sein könnte, zu entkräften.«

»Dann stehen wir wieder auf demselben Fleck«, warf Kurt ein. »Ist der Russe kein Spion und hat er ernsthafte Absichten auf Hanna, dann geht uns die Sache weiter nichts an. Und da ich annehme, dass außer uns und den nächsten Familienangehörigen kein Mensch etwas davon ahnt, dass sich gewisse Beziehungen zwischen Hanna und dem Russen angesponnen haben, können wir der Entwicklung der Dinge ganz ruhig zusehen. Für mich ist außerdem noch der Gesichtspunkt ausschlaggebend, dass alles vermieden werden muss, was den Russen warnen könnte.«

»Kurt hat recht«, entschied die Mutter. »Und nun wollen wir die Sache ruhen lassen. Wie bekommt dir das Soldatenleben, mein Junge?«

»Ich danke, sehr gut, Mutterchen. Wir sind alle sehr kriegerisch gestimmt und hoffen, dass es diesmal wirklich mit Russland losgehen wird. Wisst ihr das Neueste? Österreich hat an Serbien ein Ultimatum gestellt, das heißt es hat verlangt, dass die Fäden der Verschwörung, die nach Serbien bis in offizielle Kreise hineinreichen, energisch verfolgt werden. Es hat ferner verlangt, dass österreichisch-ungarische Organe an dieser Untersuchung in Serbien selbst teilnehmen sollen. Morgen Abend Punkt sechs Uhr muss Serbien darauf geantwortet haben.«

»Kinder, das sieht sehr bedrohlich aus.«

Am nächsten Tage kam Kurt schon zum Kaffee nach Hause und erzählte ganz aufgeregt, dass man in Lyck einen russischen Offizier als Spion verhaftet hätte.

»Denkt euch, der große brünette Kellner, der im letzten halben Jahr fast ausschließlich den Stammtisch der Offiziere im Luisen-Café bedient hat, ist als russischer Spion verhaftet worden. Was mag der Kerl alles bei der Unterhaltung aufgeschnappt haben?«

»Was, der hübsche, schlanke Mensch?« rief Wolf erstaunt aus, »der beste Kellner, den ich je kennen gelernt habe, stets höflich und aufmerksam. Wie hat man ihn entlarvt?«

»Dem Wirt war es aufgefallen, dass er nach Geschäftsschluss noch immer ausging oder sogar wegradelte, um frische Luft zu schöpfen, wie er sagte, oder im See zu baden ... Heute Nacht, als der Kellner eben weggegangen ist und der Wirt das Lokal schließen will, findet er auf dem Fußboden eine Speisekarte, auf deren Rückseite ein Plan der Feste Boyen sehr sauber aufgezeichnet ist. Sofort fährt es ihm durch den Kopf, dass nur der Kellner das Papier verloren haben kann. Er benachrichtigt sofort die Polizei und lässt die Sachen des Kellners durchsuchen. Das erste, was man fand, waren zwanzig Klebekarten, jede auf einen anderen Namen ausgestellt. Und dann fand man vollgültige Beweise, dass der Kellner ein russischer Offizier ist, der alle Nachrichten, die er sammeln konnte, durch einen Vertrauensmann, jedenfalls bei den nächtlichen Spaziergängen, über die Grenze nach Russland schickte ... Bei seiner Rückkehr in der Nacht wurde er verhaftet und frühmorgens mit dem ersten Zug unter Bedeckung nach Lötzen geschickt.«

Sie saßen noch in lebhafter Unterhaltung, als Grete auf der Bildfläche erschien. Sie hatte sich nicht einmal die Zeit genommen abzulegen, sondern kam mit dem Hut in der Hand durch die Gartentür hereingestürmt:

»Denkt euch, unser Herr Graf ist ganz plötzlich ausgerückt. Die Eltern waren vormittags in der Stadt und haben dort gehört, dass der Kellner aus dem Luisen-Café, der immer die Offiziere bediente, als russischer Spion verhaftet sein soll. Als der Vater das bei Tisch erzählte, wurde der Herr Nadrenko so bleich, dass wir ihm alle die Erregung ansahen. Gleich nach dem Essen sagte er dem Vater, dass er unter allen Umständen in einer Stunde abreisen müsse und verlangte einen Wagen nach Prostken. Der Vater hatte in seiner Gutmütigkeit schon zugesagt, ihm ein paar Kutschpferde zu geben, aber da ging die Mutter rein und verlangte, er sollte unter allen Umständen noch acht Tage dableiben, bis der neue Inspektor käme. Da hat Herr Nadrenko zugesagt, noch zu bleiben. Aber eine halbe Stunde später ist er aufs Feld gegangen, hat mit dem jungen Arbeiter, der ihn immer bediente, einige Worte gesprochen, und dann sind beide mit schnellen Schritten nach der Grenze zu weggegangen.«

»Woher wisst ihr das?« fragte Wolf.

»Dem Kämmerer kam die Geschichte verdächtig vor, er kam rein und hat sie dem Vater erzählt.«

»Und was hat der Vater getan?«

»Er hat sofort nach Lyck an die Polizei und an die Militärbehörde telefoniert.«

»Der Vogel wird uns wahrscheinlich entwischen«, meinte Kurt. »Der wandert doch durch die Wälder bis zur Grenze.«

Noch an demselben Abend ließen die Behörden die Wohnung Nadrenkos öffnen und hielten Haussuchung. Es wurde nicht das Geringste vorgefunden, das als sicherer Beweis für eine Spionage dienen konnte. Nur in der Brusttasche eines Rockes fand sich ein Kuvert mit dem Poststempel Lyck. Und der Beamte, der auch den Kellner verhaftet hatte, erklärte mit aller Bestimmtheit, dass er die Handschrift des Spions auf dem Briefumschlag wiedererkenne. Ein Vorrat von Papier auf dem Schreibtisch und ein Zeichenbrett, das eben mit einem neuen Blatt bespannt war, gaben davon Kunde, dass der Russe nicht nur eifrig geschrieben, sondern auch gezeichnet hatte. Außerdem fand man im Ofen einen Haufen Asche mit winzigen Papierresten, ein Zeichen, dass Nadrenko sorgfältig alles beseitigt hatte, was ihn kompromittieren konnte.

Hanna ging in den nächsten Tagen wie im Traume umher. Sie hatte, als der Kämmerer die Nachricht von Nadrenkos Flucht brachte, der Mutter, die jetzt mit einmal behauptete, der Russe wäre ihr immer verdächtig erschienen, heftig widersprochen. Man müsse doch wenigstens abwarten bis zum Abend, er würde ganz bestimmt wiederkommen. Er habe vielleicht irgendeinen Geschäftsgang vor.

»Ich begreife dich nicht«, hatte Frau Brettschneider scharf geantwortet, »was du für ein Interesse an dem Russen nimmst. Kommt er zurück und erweist er sich als unschuldig, dann kann uns das ebenso gleichgültig sein, als wenn er ausgerückt ist. Auf jeden Fall muss der Vater die Sache sofort telefonisch melden. Das ist einfach unter diesen Umständen eine nationale Pflicht.«

Hanna verschwand auf ihr Zimmer und kam auch am nächsten Tage wegen einer starken Migräne, wie sie sagen ließ, nicht zum Vorschein. Selbst die Jüngeren Schwestern, die ihr das Neueste mitteilen wollten, ließ sie nicht rein. Und die Mutter hielt es für das Beste, keine Erörterungen herbeizuführen.

12.

Frau Stutterheim fuhr jeden Morgen in ihrem Staatswagen nach Sybba, um sich von der Frau Weißmann behandeln zu lassen. Wenn Wolf ab und zu nach dem Erfolg der Kur fragte, erwiderte sie leichthin, es schiene ja ein bisschen besser zu gehen. Der Sohn, der im Grunde seines Herzens nicht an einen Erfolg glaubte, gab sich mit der Antwort zufrieden.

Christel jedoch sah tiefer. Sie kannte die Tante als eine Frau, die ihr schweres Schicksal nicht nur mit Geduld und ohne Verbitterung trug, sondern es auch durch ihre Herzensgüte fertig brachte, stets froh und heiter zu erscheinen.

Jetzt jedoch lag es auf dem Gesicht der alten Dame, wenn sie von ihrer Fahrt zurückkehrte, wie heller Sonnenschein. Und ihre Stimmung spiegelte sich darin ab, dass sie sich trotz des Ernstes der Zeiten mit Wolf und Christel neckte.

Eines Tages fasste Christel sich ein Herz und bat die Tante, ihr doch offen zu sagen, wie ihr die Kur bekäme. Frau Stutterheim winkte sie an sich heran.

»Du liebe Seele du, ich glaube, du hast schon mein Geheimnis erraten.«

»Nein, Tantchen, ich lese es dir vom Gesicht ab.«

Frau Stutterheim hob mahnend die Hand.

»Kennst du auch das kluge Sprüchlein aus der Fibel, dass der Mensch zwei Ohren und zwei Augen hat, aber nur einen Mund?«

»Oh ja, Tantchen, und ich weiß, was du damit sagen willst. Ich werde stumm sein wie ein Karpfen.«

»Nun, denn hör' zu, mein Kind. Ich bin schon acht Tage an Krücken gegangen, immer hin und her in der Stube. Gestern eine halbe Stunde lang. Und heute habe ich zum ersten Mal meinen Spaziergang bloß mit zwei Stöcken gemacht. Es ist zwar eine Pferdekur, und ich muss die Zähne dabei zusammenbeißen, aber es geht doch vorwärts. Nun aber reinen Mund halten. In vierzehn Tagen hoffe ich meine Jungen damit zu überraschen, dass ich aus dem Stuhl aufstehe und ihnen entgegengehe.«

Die frohe Botschaft drückte Christel fast das Herz ab. Zum ersten Mal fühlte sie, dass es viel leichter ist, eine traurige Botschaft zu verschweigen als eine freudige. Aber das konnte sie nicht verhindern, dass sich die Freude auf ihrem Gesicht widerspiegelte. Und dazu stellte sich bei ihr eine Angewohnheit wieder ein, die ihr als kleinem Mädchen die Bezeichnung ›das Brummeisen‹ eingetragen hatte, weil sie stets und überall vor sich hin zu summen pflegte. Die Mutter hatte sie manchmal deswegen berufen, aber ohne Erfolg, denn das kleine Ding wusste es gar nicht, dass sich ihr frohes Herz in diesen Tönen Luft machte. Auch jetzt wusste sie es nicht, und Wolf sah fragend seine Mutter an, als Christel summend durchs Zimmer ging.

Auf dem Welttheater drängten die Ereignisse zur jähen Entscheidung. Man wusste, dass der Kaiser sich noch alle Mühe gab, den Ausbruch des Krieges zwischen Österreich-Ungarn und Russland zu verhindern.

Man glaubte aber nicht mehr daran, dass es gelingen könnte. Und man erfuhr dort hinten an der Grenze alle Ereignisse genauso schnell, womöglich noch früher als anderswo, denn Dalkowen war eine öffentliche Fernsprechstelle, und man konnte, sobald das Klingelzeichen ertönte, das ein Gespräch mit dem Hauptamt anmeldete, jede Nachricht mit anhören.

Fortwährend lief Christel ans Telefon, aber mit der Zeit wurde es ihr doch über.

Eines Nachmittags war sie für eine Stunde nach Hause gegangen. Als sie wiederkam, war ihre frohe Stimmung verschwunden. Wolf lockte sie gleich nach Kaffee unter einem Vorwand aus dem Zimmer und fragte, wie es in Andreaswalde aussähe.

Christel traten die Tränen in die Augen.

»Schlecht, lieber Wolf Hanna geht herum wie ein Schatten.«

»Ich habe mich nicht nach dem Befinden deiner Schwester erkundigt. Ich will wissen, wie es in der Wirtschaft geht.«

»Ach, Wolf, du bist doch nicht so herzlos, dass es dir ganz gleichgültig sein sollte, wie es Hanna geht. Ich kann ihr keine Schuld geben. Kein Mensch kann doch seinem Herzen etwas befehlen oder verbieten. Das dumme Ding tut, was es will und lässt sich auch nicht durch den Verstand zur Ruhe zwingen. Das musst du doch selbst am besten wissen.«

»Nein, Christel, das kann ich nicht zugeben. Wenn das dumme Ding in der Brust nicht gehorchen will, dann kümmert man sich nicht darum. Es muss sich schließlich doch begeben.«

»Ach, Wolf, das sprichst du so. Wir haben doch alle geglaubt, dass Hanna eine kühle, berechnende Natur ist, die sich nie von einer Leidenschaft hinreißen lassen wird. Nun siehst du, wie wir uns getäuscht haben. Aber ich glaube, das ist nur so eine Leidenschaft, die wie Strohfeuer aufflammt und ebenso schnell wieder erlischt Sie wird sich auf sich selbst besinnen. Ich meine, es ist bei ihr schon weniger Schmerz als Reue und Scham. Der Mensch hat sie doch schmählich hintergangen und belogen.«

»Ich urteile in diesem Punkt nicht so hart über ihn ... Dass er als Spion zu uns gekommen ist, darüber ist wohl kein Zweifel möglich. Und um diese Eigenschaft und Absicht zu verdecken, musste er uns allen ein Märchen aufbinden. Aber nun wollen wir die Sache ruhen lassen. Wie geht es den anderen zu Hause?«

»Die Mutter packt eifrig. Sie hat schon Kisten und Kasten voll, die in den nächsten Tagen mit Fuhrwerk bis nach Königsberg gehen sollen. Sie meint, wenn die Mobilmachung kommt, woran doch nicht mehr zu zweifeln ist, werden die Bahnen vollständig vom Militär beschlagnahmt werden.«

»Und der Vater?«

»Ach Wolf, das ist ganz traurig. Ich wollte dich schon bitten, dich ein bisschen um ihn zu kümmern. Er läuft stundenlang ziel- und zwecklos auf dem Feld umher, dann kommt er nach Hause, setzt sich an den Schreibtisch und brütet vor sich hin. Wenn man ihm etwas sagt, antwortet er ja, ja, aber man hat das Gefühl, dass er gar nicht hört, was man ihm sagt. Ein Glück ist es, dass Brinkmann, die alte, treue Seele, wiederkommt. Er soll ja noch sehr klapprig sein, aber er will doch schon in den nächsten Tagen kommen.«

»Ich reite heute nach der Stadt und spreche unterwegs in Andreaswalde an. Das kann doch nur eine versteckte Krankheit bei deinem Vater sein ... Der Nitschmann in Wronken hat es im vorigen Sommer ebenso gemacht, bis die Ärzte in Königsberg feststellten, dass er sich eine schleichende Brustfellentzündung zugezogen hatte.«

Eine Viertelstunde später ließ Wolf sich sein Pferd vorführen und ritt noch einmal auf das Feld hinaus, wo er mit allen Kräften dreschen ließ. Der Roggen war in den letzten schönen Tagen so trocken geworden, dass er ihn gleich in die Maschine werfen ließ. Und jeden Morgen gingen mehrere Reisewagen voll beladen zur Bahn. Gegen Abend sprach er in Andreaswalde vor. Er fand den alten Herrn still und stumm am Schreibtisch sitzen.

»Onkel, nun sag' mir mal ganz offen, was fehlt dir, hast du irgendwelche Schmerzen?«

»Nein, mein Jungchen, mir fehlt gar nichts. Ich fühle mich nur ab und zu etwas müde, weil ich schon lange nicht so viel gegangen bin ...«

»Na, wie bist du mit der Ernte zufrieden? Wie schüttet der Roggen?«

»Ja, Wolf, da fragst du mich zu viel. Ich glaube, es wird ja noch gar nicht gedroschen. Erst muss doch das Sommergetreide herein.«

»Nein, Onkel, das ist mir jetzt Nebensache. Ich dresche schon sehr fleißig und schicke alles Getreide weg, um es vor den Russen zu retten.«

»Glaubst du wirklich, dass es Krieg gibt?«

»Aber Onkel, es kann sich doch höchstens um acht Tage handeln, dann haben wir die Mobilmachung.«

Der alte Herr wehrte mit einer müden Handbewegung ab.

»Ich glaube es noch nicht. Es ist in den letzten Jahren schon so oft und so heftig mit dem Säbel gerasselt worden, er ist aber immer in der Scheide stecken geblieben ... Na, und wenn der Krieg ausbricht, da ist es doch verteufelt gleichgültig, ob ich hundert oder tausend Zentner Roggen hier lasse ... Wir wollen übrigens, sowie es zur Mobilmachung kommen sollte, mit den Mädchen nach Königsberg fahren. Brinkmann kommt wieder her, der mag sich mit den Russen herumschlagen. Ich habe keine Lust dazu.«

»Ich bleibe unter allen Umständen hier. Ich habe schon meine Leute befragt. Sie wollen nicht fliehen, sondern hierbleiben und arbeiten. Da ist mein Platz an der Seite der Leute.«

»Da stimme ich dir vollkommen bei. Du hast auch die nötige Energie dazu, um mit den Russen fertig zu werden. Wirst du aber nicht wieder beim Militär eintreten müssen?«

»Onkelchen, ich will es dir im Vertrauen sagen. Ich will mich heute vom Stabsarzt untersuchen lassen, und wenn er mich für tauglich hält, gehe ich natürlich mit. Die Pflicht, fürs Vaterland zu kämpfen, steht mir natürlich höher, als die Sorge um meine Leute.«

»Und deine Mutter?«

»Die könnt ihr mit nach Königsberg nehmen. Und, nicht wahr, Onkel, ihr werdet euch ein bisschen um sie kümmern.«

»Aber selbstverständlich, mein Junge.«

»Na, denn leb' wohl, Onkel, und versprich mir noch eins: Dass du dich in Königsberg von einem tüchtigen Arzt gründlich untersuchen lässt.«

»Das kann ich ja machen, Wolf ...«

Erst spät in der Nacht kam Wolf nach Hause.

Christel lag noch wach und hörte durch die offenen Fenster, wie er selbst sein Pferd in den Stall führte und dann leise ins Haus kam ... Am anderen Morgen war Wolf schon einige Stunden auf dem Feld gewesen, ehe er zum Frühstück kam. Die Mutter war schon fortgefahren ... Christel erschrak, als sie ihn erblickte. Er hatte ja in den letzten Wochen schon immer schlecht ausgesehen, aber so elend wie heute war er ihr noch nie vorgekommen.

»Sag' mal, Wolf, was ist mit dir los? Du siehst ja ganz gottserbärmlich aus.«

Mit einem Versuch, zu lächeln, erwiderte er:

»Du hast das typische Jammerbild eines verkaterten Mannes vor dir, Christel. Wir haben gestern Abend eine sehr schwere Sitzung gehabt, und in der Nacht konnte ich nicht schlafen. Es ist wohl am besten, wenn ich Hundehaare auflege ... Schenk' mir mal einen großen Kognak ein.«

Als er das Gläschen ausgetrunken hatte, berichtete er von seinem Besuch in Andreaswalde und suchte Christel durch die Versicherung zu beruhigen, dass es sich bei ihrem Vater nur um eine vorübergehende Erschöpfung handeln könne.

Christel hörte ihm schweigend zu. Sie hatte das Gefühl, als wenn er nur sprach, um ihre Gedanken von sich abzulenken. Er ließ ihr auch zu weiteren Fragen keine Zeit, sondern stand auf und ging auf den Hof hinaus.

Auch dem Auge der Mutter war es nicht entgangen, dass ihr Ältester etwas mit sich herumtrug, was ihm den Sinn verstörte. Nach dem Mittagessen, als Christel hinausgegangen war, hielt sie ihn zurück und stellte ihn zur Rede. Wolf wusste aus Erfahrung, dass bei der Mutter keine Ausrede verfing, wenn sie einer Sache auf den Grund kommen wollte.

»Ich habe gestern Abend eine große Enttäuschung erlebt, liebe Mutter. Ich bin beim Stabsarzt gewesen und habe mich untersuchen lassen.«

Er begann, auf und ab zu gehen, während er weiter sprach.

»Du kannst dir doch denken, wie schrecklich es mir sein würde, zu Hause zu sitzen, wenn die anderen fürs Vaterland kämpfen. Der Herr Doktor hat genau eine Minute mein Herz behorcht und ganz trocken erklärt, es müsste bei seinem früheren Bescheid bleiben, ich wäre nicht felddienstfähig.«

Er lachte bitter auf.

»Ich hänge jeden Tag vierzehn Stunden auf dem Gaul. Ich arbeite stundenlang noch am Schreibtisch und fühle nie die geringste Beschwerde. Ich traf abends mit ihm am Kneiptisch zusammen. Da hat er was von mir und auch von den Kameraden zu hören bekommen.«

»Ich begreife es, mein Sohn, dass der Ärger aus dir spricht, und ich habe nichts dagegen, dass du noch andere Schritte unternimmst, um an dein Ziel zu gelangen.«

13.

Russland hatte die Mobilisierung aller seiner Kräfte angeordnet. Als Gegenmaßregel war in Deutschland der Kriegszustand verkündet worden, dem die Mobilmachung folgen musste, wenn Russland nicht binnen zwölf Stunden seine militärischen Maßnahmen an seiner Westgrenze gegen die verbündeten Mächte einstellte.

Darauf zu hoffen wagte niemand. Ja, nirgends regte sich auch nur der geringste Wunsch, den Frieden erhalten zu sehen. Im Gegenteil, wie eine gewaltige Flamme loderte die Begeisterung empor, obwohl man sich sagen musste, dass der Krieg mit Russland auch den Krieg mit Frankreich bedeutete.

In dem am ersten und meisten gefährdeten Ostpreußen war die Begeisterung eher noch größer als anderswo, obwohl sich namentlich die Bewohner der Grenzbezirke sagen mussten, dass sie womöglich schon in den nächsten Tagen einen Vorstoß der Russen zu erwarten hätten.

Der erste August, der die Entscheidung bringen musste, brach an. Christel stand den ganzen Tag fast ohne Unterbrechung am Telefon. Und sie hörte unter den vielen Gesprächen auch manche wichtige Nachricht.

Da wurden die Behörden mit Anfragen bestürmt, ob es wahr wäre, dass ganz Ostpreußen bis zur Weichsel von unseren Truppen geräumt und kampflos den Feinden überlassen werden sollte. Die Antwort lautete, wie zu erwarten war, scharf verneinend. Die Bevölkerung möge ruhig ausharren. Die Russen könnten höchstens vorübergehend einige Ortschaften an der Grenze besetzen. Wolf kam fast in jeder Stunde vom Felde hereingeritten, um sich nach den neuesten Nachrichten zu erkundigen. Wenn etwas Wichtiges vorlag, ritt er sofort nach Andreaswalde hinüber, um es dort mitzuteilen.

Seine russischen Arbeiter waren des Morgens mit der Frage an ihn herangetreten, ob es wahr sei, dass Russland mit Deutschland Krieg anfangen werde. Er hatte die Frage offen bejaht und hinzugefügt, er könne und wolle sie nicht festhalten. Wenn sie wollten, würde er sie am Abend auslohnen, dann könnten sie über die Grenze in ihr Vaterland zurückkehren.

Darauf hatte der Sprecher der Russen, ein alter Mann, der schon mehr als zwanzig Jahre nach Deutschland auf Arbeit fuhr und schon mehrmals in Dalkowen gewesen war, erwidert, das wäre gerade das, was sie nicht wollten. Sie wollten lieber in Deutschland bleiben, aber nicht hier an der Grenze, wo sie den Kosaken in die Hände fallen könnten.

»Aber das sind ja eure Landsleute«, hatte Wolf belustigt geantwortet.

»Ach, gnädiger Herr«, erwiderte der alte Vorarbeiter, »das kennen Sie nicht so wie wir ... Wir gehen zu Hause jedem Soldaten in weitem Bogen aus dem Wege und sind froh, wenn wir sie gar nicht sehen. Wenn unsere Soldaten uns hier treffen, nehmen sie uns zuerst das Geld weg. Ich frage, gnädiger Herr, was sollen wir jetzt zu Hause? Betteln gehen oder hungern ...?«

»Ja, darauf kann ich euch keine Antwort geben. Ich werde versuchen, den Herrn Landrat anzufragen, was mit euch geschehen soll. Aber auf jeden Fall könnt ihr heute Abend kommen und euch euer Geld holen.«

Es war Wolf nicht gelungen, sich im Laufe des Tages vom Landratsamt Bescheid über die russischen Arbeiter zu holen. Gleich nach Feierabend stellten sie sich vor dem Gutshause ein und nahmen ihren Lohn in Empfang. Fast alle küssten Wolf den Ärmel oder den Rocksaum und bedankten sich mit tiefer Verbeugung für alles Gute, was sie in Dalkowen bekommen hätten ... Zwei Stunden später, als es dunkel geworden war, zogen sie in kleinen Trupps weg, nach Norden zu, tiefer nach Ostpreußen hinein.

Eine Stunde vor Feierabend war Wolf nach Hause gekommen, um die Lohnlisten fertigzustellen.

Er saß, in seine Arbeit vertieft, in seinem Zimmer am Schreibtisch, als Christel hastig hereintrat:

»Denk' dir, Wolf, die Russen sind schon über die Grenze hereingebrochen.«

»Nicht möglich, es ist doch noch keine Kriegserklärung erfolgt. Woher weißt du das?«

»Durchs Telefon ... Ich höre heftig klingeln, springe zu und nehme den Hörer ab. Da ruft jemand aus Preußischhöh das Amt Lyck an und sagt: ›Eben reiten etwa dreißig Russen, anscheinend Kosaken, auf den Hof. Zehn Mann steigen ab und kommen aufs Haus zu.‹ Dann kommt eine halbe Minute später ein lauter Schrei aus dem Hörer, und gleich darauf ein furchtbares Krachen ... Wahrscheinlich haben sie den Fernsprecher zerstört.«

»Das ist doch unerhört, ohne Kriegserklärung ... Du kennst doch Preußischhöh, das liegt noch keine dreihundert Meter von der Grenze ... Hast du es schon der Mutter erzählt?«

»Nein, das wollte ich dir überlassen.«

»Du kannst es ihr ruhig sagen. Die Mutter hat mehr Courage als mancher Mann.«

Kopfschüttelnd setzte er sich wieder an seine Arbeit.

Eine Viertelstunde später brachte Christel die Meldung: Sie habe eben am Telefon die Nachricht gehört, dass der Kaiser um fünf Uhr nachmittags die Mobilmachung des gesamten deutschen Heeres und der Flotte befohlen habe.

»Na, dann sind die Würfel gefallen ... Eine Viertelstunde haben wir noch Zeit, ehe die Leute kommen. Da wollen wir drei in aller Ruhe besprechen, was unter diesen Umständen hier geschehen muss.«

Seine Augen funkelten. Sein ganzes Wesen schien wie gehoben ... Er schritt auf seine Mutter zu, setzte sich neben sie und nahm ihre Hand.

»Mutterchen, erschrick nicht, der Krieg ist ausgebrochen ... Die Mobilmachung ist angeordnet ... Die Russen sind bereits über der Grenze in Preußischhöh erschienen und haben dort den Fernsprecher entweder abgerissen oder zertrümmert ... Christel hat es durchs Telefon zu hören geglaubt.«

Frau Stutterheim nickte.

»Ich habe mich schon mit dem Gedanken vertraut gemacht ... Er schreckt mich nicht.«

»Das wusste ich, Mutterchen. Und morgen fährst du mit Christels Eltern im Auto zunächst nach Königsberg ... Ich schicke dir im Wagen deine Sachen nach und die Friedas auch, die ist treu und zuverlässig ... Sobald sie in Königsberg eintrifft, setzt ihr euch auf die Bahn und fahrt weiter nach Berlin.«

Die Mutter hatte ihren Sohn mit einem milden Lächeln angehört ...

»Nein, Wölflein, deine Mutter lässt sich nicht von dir fortschicken ... Ich bleibe, wo du bleibst, d. h. hier in Dalkowen ... Eine alte Frau ist doppelt nötig, wo ein junger Brausekopf im Hause zurückbleibt.«

»Das gebe ich unter keinen Umständen zu«, erwiderte Wolf, »ich werde keine ruhige Stunde haben, wenn ich dich nicht in Sicherheit weiß. Mach' mir nicht das Herz schwer, Mutter ... Ich schwöre dir, dass ich kühl und besonnen bleiben werde, wie ein alter Mann mit grauem Haar.«

Frau Stutterheim schüttelte den Kopf.

»Und ich würde noch weniger Ruhe haben als du, wenn ich dich hier allein unter den Russen wüsste ... Dass du mit mir von hier weggehst, das kann und will ich dir nicht zumuten, deshalb bleibe ich hier bei dir!«

»Aber, liebste Mutter, bedenk' doch ... Ich würde sonst mit keinem Wort dran rühren ... Du mit deinem Gebrechen ... Die Mädchen müssen alle weg ... Die Frauen werden wahrscheinlich sich auch in Sicherheit bringen ... Wer soll deine Pflege und Aufwartung übernehmen?«

»Niemand, mein Sohn«, rief Frau Stutterheim laut aus, stützte sich mit den Händen auf die Lehnen ihres Sessels und stand auf. In sprachlosem Erstaunen trat Wolf einen Schritt zurück.

»Mutter!«

»Reich' mir meine Waffen, mein liebes Kind.«

Christel stand schon mit zwei Stöcken neben ihr ... Sie ergriff sie und trat vorsichtig, Christels Unterstützung mit einem Blick zurückweisend, von ihrem Fahrstuhl auf den Fußboden.

»Eins, zwei, eins, zwei«, zählte sie laut und marschierte. mit kurzen Schritten durch die Stube.

»Mutter«, rief Wolf noch einmal so laut, dass einige Saiten in dem alten Klavier mittönten ... Dann sprang er auf sie zu, fasste sie um und nahm sie auf seine Arme.

»Nicht so stürmisch, mein Junge ... Ich wollte euch mit dem Parademarsch erst überraschen, wenn Kurt auch hier wäre, aber nun ...«

»Hier ist er«, sagte eine tiefe Stimme, die vor Rührung zitterte, von der Gartentür her.

Die Söhne hatten die Mutter zu beiden Seiten untergefasst und wanderten langsam mit ihr auf der Stube hin und her, während sie erzählte, wie sie schon nach den ersten Tagen einen Erfolg verspürt hätte …

»Aber es war wirklich eine Pferdekur, Kinder … Die Frau rieb und knetete und zog meine Beine gerade, während von unten ein Kohlenbecken eine unerträgliche Hitze ausströmte. Schon nach acht Tagen konnte ich allein, ohne Hilfe meine Beine gerade ausstrecken … Zwei Tage später hoben sie mich wie eine Puppe auf und stellten mich auf die Füße … Na, und dann ist es langsam so weitergegangen.«

»Jetzt müssen wir erst recht darauf dringen«, meinte Kurt, »dass du nun zu einem tüchtigen Arzt fährst, der dich ganz gesund macht. Entweder nach Königsberg oder besser, gleich nach Berlin.«

»Ja, Mutter, das musst du jetzt tun«, fiel auch Wolf ein.

»Was ich muss oder nicht, das bestimme ich allein, meine Herren Söhne … Ich bleibe hier bei der Frau, die mir den Gebrauch meiner Beine wiedergegeben hat … Und nun haltet gefälligst davon den Schnabel, sonst werde ich ungemütlich.«

Sie hatte es in lachendem Ton gesprochen, aber die Söhne wussten, dass jedes weitere Wort vergebens war.

»Du, Wolf«, fuhr die Mutter fort, »du holst jetzt ein paar Weißköpfe aus dem Keller und lässt sie kaltstellen, damit wir nachher meinen Parademarsch begießen und auf den Sieg unserer Truppen trinken können.«

Als Wolf seine Russen ausgelohnt hatte, stand das Abendbrot auf dem Tisch. Frau Stutterheim ging allein an Kurts Arm in das Esszimmer. Er erzählte:

»Ich bin mit eurem Auto gekommen, Christel, deine Mutter war in der Stadt … Sie lässt dir sagen, du möchtest dich noch heute Abend einfinden, morgen ganz früh soll abgefahren werden … Ich werde dich nachher nach Hause begleiten, um von den Deinen Abschied zu nehmen.«

Christel hatte den Kopf gesenkt, und die anderen glaubten, sie wolle ihre Tränen verbergen. Aber als sie ihr Gesicht hoch hob, strahlten ihre Augen.

»Ich will wohl mit dir auf eine Stunde nach Hause gehen, aber nur, um meinen Eltern zu sagen, dass ich hier bei eurer Mutter bleibe!«

Ein stolzer, freudiger Blick flog in diesem Moment aus Frau Stutterheims Augen zu ihrem Ältesten hinüber, der ihn mit einem leisen Kopfnicken beantwortete. Dann streckte er seine Hand über den Tisch hinüber Christel entgegen:

»Ich danke dir herzlichst für deinen guten Willen, aus dem die Liebe zu unserer Mutter spricht ... Aber das können wir nicht annehmen ... Nein, Christel, du musst selbst einsehen, dass ich deinen Eltern gegenüber die Verantwortung nicht übernehmen kann, weil ich nicht weiß, ob ich dich werde beschützen können.« Seine Stimme bebte ein wenig, »nicht wahr, Mutter?«

»Nein, mein Sohn, ich bin anderer Meinung! Ich glaube ja nicht recht, dass Christels Eltern ihre Einwilligung dazu geben werden, aber wenn sie es tun sollten, mein Kind, dann nehme ich dein hochherziges Anerbieten dankbar an. Ich werde dich zu schützen wissen, und du wirst hier unter meinem Schutz ebenso sicher sein wie in Berlin.«

Mit einem Jubellaut sprang Christel auf und warf sich der alten Dame an die Brust, die ihr einen Kuss auf die Stirn drückte und ihr sanft über das Haar strich.

»Christel, Christel, du gehst einen schweren Gang«, meinte Kurt, als sie sich nach Andreaswalde auf den Weg machten.

»Das glaube ich nicht«, erwiderte sie mit trauriger Stimme.

»Sprich nicht aus, was du denkst. Wir verstehen uns ... Ich meine aber, dass du dich täuschen wirst.«

Als sie das Haus verließen, stand Wolf vor seinen Gutsarbeitern.

»Ich stelle es euch vollkommen frei, hierzubleiben oder wegzuziehen ... Ein Teil wird ja sowieso nicht hierbleiben.«

»Ja, gnädiger Herr, wir sind acht Mann, die schon morgen zur Fahne wegmüssen«, rief ein junger Knecht.

»Ihr kommt morgen früh, ehe ihr abmarschiert, noch einmal zu mir ... Ich will euch noch einen Zehrpfennig mitgeben ... Für die Frauen und Kinder der Verheirateten sorge ich ... Darauf könnt ihr euch verlassen.«

»Wir verlassen sich auch darauf, gnädiger Herr«, rief derselbe Knecht wieder.

»Na, und wie ist es mit euch anderen?«

Der Kämmerer nahm die Mütze ab und kratzte sich hinter dem Ohr.

»Man weiß nicht recht, gnädiger Herr ... Man möcht' auch bleiben, man möcht' auch nicht bleiben ... Aber wir haben so unter uns gesprochen: Wenn die Herrschaft hierbleibt, bleiben wir auch ... Es muss doch ein bisschen Arbeit getan werden ... Und für das Vieh muss doch gesorgt werden.«

Wolf nahm seine Mütze ab und streckte dem Kämmerer die Hand entgegen.

»Ich danke euch für das Wort, Klepka ... Ich bleibe hier und meine Mutter auch ... Wir können ja nicht wissen, wie sich der Krieg wenden wird ... Vielleicht bekommen wir die Russen her und sehen, mit ihnen im Guten auszukommen ... Es sind doch auch Menschen ... Vielleicht bekommen wir unsere Soldaten hier ins Quartier, und dann müssen wir erst recht hier sein, um sie gut aufzunehmen und zu verpflegen ... Nun geht nach Hause, wir werden schon miteinander durchhalten ... Noch eins: Wer irgendwas von Wertsachen hat, ein altes Erbstück oder Papiere, oder irgendwelche Dokumente, kann mir das morgen früh bringen. Ich schicke morgen alles weg ... Klepka, die Fahrt können Sie machen ... Sie nehmen die Vorderpferde vom Kutschgespann und fahren langsam durch bis Lötzen. Denn mit der Bahn werden sie nicht wegkommen ... Versehen Sie sich also genügend mit Futter ... Gute Nacht, Leute, geht mit Gott.«

»Gute Nacht, gnädiger Herr, und wir danken auch.«

Er trat in die Stube zurück.

»Die Leute bleiben alle, Mutter ... Ich habe es nicht anders erwartet ... Aber nun will ich doch einiges in Sicherheit bringen, was sich nicht weit fortschaffen lässt, und was man doch ungern verlieren würde ... Ich weiß bloß noch nicht, wohin.«

»Das will ich dir sagen, mein Junge ... Dein Großvater hat während der politischen Revolution im Jahre dreiundsechzig ein Versteck im Keller eingerichtet, in dem er immer zwei bis drei politische Flüchtlinge beherbergte, bis er ihnen weiterhelfen konnte ... Es ist das letzte Ende des Kellers nach diesem Giebel zu. So breit wie diese Stube ... Kein Mensch ahnt, dass sich der Keller noch weiter fortsetzt ... Ich glaube, da stehen noch ein paar Bettstellen und sogar einige alte Möbel drin ... Für Luft ist durch ein Rohr, das nach außen führt, und seinen Abzug in der Wand, der oben auf der Lucht mündet, gesorgt ... Die

Tür ist mit dünnen Ziegeln so geschickt verblendet, dass sie wie ein Stück Wand aussieht ... Führe mich mal an meinen Schreibtisch, da habe ich die genaue Beschreibung drin, wie die Tür zu öffnen ist.«

Eine Viertelstunde später ging Wolf mit einer Laterne in den Keller.

»Das ist ja ein ganz vorzügliches Versteck, Mutter«, sagte er lachend, als er wieder heraufkam, »das findet kein Russe auf ... Da werde ich alles reinschaffen. Auch Betten und Lebensmittel, dass ihr im Notfall dort verschwinden könnt.«

14.

Die Sonne war hinter einer hohen, dunklen Wolke untergegangen, die ein Gewitter für die Nacht anzukündigen schien, denn sie stieg schnell höher ...

Flächenblitze zuckten in ihr auf, und ab und zu machte sich schon ein dumpfes Grollen bemerkbar ... Heiß und schwül lag die Luft über der Erde ... Von der Wiese her tönte unermüdlich der scharfe Ruf des Wachtelkönigs ...

Schweigend schritten Kurt und Christel nebeneinander, beide mit ihren Gedanken beschäftigt. Im Gutshause brannte nur im Wohnzimmer eine Lampe, an der Grete allein mit einem Buch saß ... Als die Tür aufging, sprang sie auf und begrüßte Kurt stürmisch.

»Aber, Herr Leutnant, weißt du nicht, dass mobil gemacht ist?«

»Jawohl, mein Liebling, deshalb habe ich noch für heute Nacht Urlaub bekommen, um von Mutter, Bruder und euch Abschied zu nehmen ... Wo stecken denn die anderen?«

»Der Papa hat sich schon zu Bett gelegt. Er ist jetzt immer so müde ... Die Mutter ist mit Hanna und Hedwig oben ... Sie packen noch ... Die Mutter will nichts hier lassen ... Morgen früh soll's losgehen ... Ich möchte am liebsten hierbleiben. Das muss doch furchtbar interessant sein, wenn wir hier Einquartierung bekommen! Von den Russen oder von unseren Truppen!«

»Du entschuldigst mich wohl, Kurt«, unterbrach Christel ihren Redefluss, »ich muss zur Mutter hinaufgehen. Grete wird dich ja sehr eifrig unterhalten.«

»Ja, geh' man«, erwiderte ihr die Kleine etwas schadenfroh, »die Mutter hat schon gesagt: Unser Fräulein Tochter will wohl in Dalkowen bleiben?«

»Sag' mal, Schwesterchen«, forschte Christel, »hat sie das im Ernst gesagt?«

»Das weiß man bei der Mutter doch nie! Ich hörte bloß, wie sie zu Hanna sagte: Wie ich Tante Mathilde kenne, wird sie nicht fliehen.«

»Da hat deine Mutter recht, Kleinchen«, erwiderte Kurt, als Christel hinausgegangen war. »Meine Mutter und Wolf bleiben in Dalkowen.«

Grete verzog schmollend den Mund.

»Weshalb nennst du mich immer noch Kleinchen? Ich bin doch schon zwölf Jahre alt. Und alle Fremden sagen schon Sie zu mir und ›gnädiges Fräulein‹.«

Kurt lachte.

»So werde ich allerdings nicht sagen, denn ich bin kein Fremder. Aber ich werde dich Schwesterchen und sogar liebes Schwesterchen nennen ... Ist dir das recht?«

»Meinetwegen. Dann werde ich jetzt auf dich Bruder Leutnant sagen.«

Kurt nickte lächelnd, setzte sich neben sie und nahm ihre langen, blonden Zöpfe in die Hand.

»Was für schönes Haar du hast, liebes Schwesterchen.«

Grete lachte geschmeichelt.

»Die sollst du mal aufgelöst sehen ... Wie ein dichter Schleier hängt es um mich herum ... Und wenn das Haar nicht so fein wäre, würden die Zöpfe noch viel dicker aussehen.«

»Sag' mal, Gretelchen, du bist doch nicht nur ein liebes, sondern auch ein kluges Mädel ... Würde es dir nicht möglich sein, deine Schwester Hedwig davon zu benachrichtigen, dass ich hier bin und sie gern sprechen möchte.«

»Ja, das ist doch nicht schwer.«

»Ja, ich möchte aber nicht, dass die Mutter und Hanna es merken ...«

»Ach so«, erwiderte Gretel schelmisch, »du möchtest sie so klammheimlich unter vier Augen sprechen und einen gerührten Abschied fürs Leben nehmen?«

»Ja, Schwesterchen, es kann ein Abschied fürs Leben werden. Und da du so verständig bist, will ich es dir anvertrauen, dass ich Hedwig gern noch einen Kuss geben möchte.«

Grete machte ein pfiffiges Gesicht.

»Also heimliche Verlobung, aber Kriegstrauung noch nicht, nein?«

»Du bist ein kleiner, lieber Schelm, Schwesterchen. Aber nun bedenk' mal, was für ein Zutrauen ich zu dir habe. Ich will es dir offen sagen, dass ich Hedwig furchtbar lieb habe. Und nun sollte ich in den Krieg ziehen, ohne zu wissen, ob sie mich auch ein bisschen lieb hat? Denk' mal, was das für ein Glück für mich wäre, wenn ich die Gewissheit mit mir nehmen könnte, dass Hedwig mir auch gut ist und auf mich warten will, bis ich wiederkehre ... oder auch nicht«, fügte er leise hinzu.

Grete war ernst geworden ... Ihre Augen schimmerten feucht, und sie musste erst ein paarmal schlucken, ehe sie sagen konnte:

»Ich hole dir die Hedwig runter, ohne das einer was merkt.«

»Und dann lässt du uns ein paar Minuten allein, nicht wahr, mein liebes Schwesterchen?«

Der Schelm blitzte wieder in ihren Augen auf.

»Auch das noch? Na, wenn ich A gesagt habe, dann muss ich auch noch B sagen.«

Nach einer Weile trat Hedwig ein und wurde rot, als sie Kurt am Tisch stehen sah. Ihr Gefühl sagte ihr ganz deutlich, weswegen er gekommen war ...

Zögernd blieb sie an der Tür stehen.

»Du willst wohl Abschied nehmen?«

Er trat auf sie zu und streckte ihr die Hand entgegen.

»Ja, und dazu kannst du mir wohl die Hand geben.«

»Das ist doch selbstverständlich. Ich gebe dir ja immer die Hand zur Begrüßung oder zum Abschied.«

Sie reichte ihm die Hand hin. Er hielt sie fest und legte seine Linke darauf ... Der Schelm in ihr wachte auf.

»Soll es so feierlich werden?«

»Ja, Hedwig, es kann ein Abschied für immer werden, und deshalb möchte ich dir doch für alle Fälle sagen, dass ich dich sehr lieb habe. Dass ich dich schon in meinem Herzen getragen habe, als du noch mit kurzen Röcken und langen Zöpfen herumsprangst.«

Die Hand, die sich noch vor einem Augenblick hatte zurückziehen wollen, blieb still zwischen seinen Händen liegen ... Er fuhr leise fort:

»Ich hätte sonst noch ein paar Jahre gewartet und still um dich geworben, aber die Zeit, in der wir leben, muss es entschuldigen, dass ich dir beim Abschied sage, wie lieb ich dich habe, damit du es weißt, wenn ich fallen sollte ... Und jetzt will ich nur die eine Frage an dich richten: Ob ich nach dem Kriege, wenn ich gesund wiederkehren sollte, dieselbe Frage an dich richten darf, ob du mich auch ein bisschen lieb hast? Ob du mein liebes, geliebtes Weib werden willst?«

»Das kann sie dir doch gleich sagen«, ertönte Gretes Stimme durch den Spalt der Tür, die Hedwig hinter sich nicht geschlossen hatte.

Kurt musste unwillkürlich lächeln.

»Eigentlich hat Grete recht, nicht wahr? ... Hedwig!«

Er zog sie an sich und legte den Arm um sie.

»Nun gebt euch schnell noch ein paar Küsse«, zischelte Grete durch den Türspalt ... »Die Mutter kommt gleich runter, ich höre sie schon.«

Da zog Kurt seinen Herzensschatz an sich, hob ihr das Kinn und küsste sie auf den Mund.

»Darf ich dir schreiben?«

»Ja.«

»Wirst du auch schreiben?«

»Ja, gern.«

»Muttchen«, hörten sie an der Tür Grete laut rufen, »Kurt ist gekommen, Abschied zu nehmen. Er will aber gern noch ein Weilchen warten, wenn du nicht Zeit hast ... Noch ein Weilchen soll er warten? Ich werde es ihm bestellen und ihm Gesellschaft leisten.«

Gleich darauf stürmte sie ins Zimmer und umschlang beide mit ihren Armen.

»Na, habe ich das nicht fein gemacht, Herr Schwager in spe? ... Aber nun gebt euch noch schnell ein paar Küsse, und dann muss Hedwig verschwinden ... Sie kann ja nachher wieder reinkommen.«

Kaum hatte sich die Tür hinter Hedwig geschlossen, als von der anderen Seite die Mutter hereintrat, hinter Christel, auf deren Gesicht die helle Freude zu lesen war, und Hanna, bleich, abgespannt, mit müden, dunkel umränderten Augen, die das Lachen verlernt zu haben schienen.

»Guten Abend, Kurt. Nicht wahr, du bleibst noch ein Stündchen bei uns? ... Kinder, gebt uns noch ein Glas Wein. Bei der Aufregung kann man doch nicht schlafen ... Sag' mal, was hältst du davon: Christel will nicht mit uns fliehen, sondern bei deiner Mutter bleiben ... Ich habe ihr schon die Erlaubnis dazu gegeben ... Des Menschen Wille ist sein Himmelreich ... Und Unkraut verdirbt nicht.«

»Mutter wird dir für das Unkraut sehr dankbar sein, Tantchen.«

»Na ja, das ist ja auch die Hauptsache, und der Grund, weshalb ich ohne große Bedenken ja gesagt habe ... Wir fahren morgen früh ab, d. h. wenn nicht was dazwischen kommt ... Unser Vater ist so komisch geworden. Er will durchaus nicht weg ... Wie lange hast du Urlaub?«

»Morgen ganz früh muss ich beim Regiment sein, Tantchen.«

»Na, könntet ihr hier nicht die Grenze besetzen und die Russen nicht reinlassen?«

»Darüber kann ich dir beim besten Willen nichts sagen.«

In demselben Augenblick öffnete Grete die Tür und rief ins Zimmer hinein:

»Bruder Leutnant, Wolf will dich am Telefon sprechen.«

Als Kurt nach wenigen Minuten zurückkam, sagte er:

»Nun kann ich schon deine Frage beantworten, Tante ... Jawohl, unser Bataillon rückt noch in dieser Nacht aus ... Aber nicht bis an die Grenze ... Wir sollen den Bergrücken hier hinter Andreaswalde besetzen ... Ihr bekommt also morgen in aller Frühe Einquartierung ... Ich muss sofort nach der Stadt zurück ... Wolf schickt mir das Fuhrwerk hierher, und morgen früh sehen wir uns wieder!«

»Dann fahren wir auch noch nicht weg«, entschied Frau Brettschneider. »Wir wollen es gleich dem Chauffeur sagen lassen ... Übrigens, Kurt, er kann dich ja nach der Stadt fahren ... Dann kann Christel mit eurem Wagen nach Dalkowen zurückfahren, sie hat ja doch hier keine Ruhe.«

Als Christel nach Dalkowen zurückkam, saß Tante Mathilde noch im Wohnzimmer und kramte in alten Papieren. Schon von der Tür rief sie ihr entgegen:

»Ich habe die Erlaubnis bekommen, bei dir zu bleiben. Mama lässt dich vielmals grüßen. Sie stellt mich vertrauensvoll unter deinen Schutz.«

Frau Stutterheim strich dem Mädel, das sich freudestrahlend über ihre Hand beugte, über die Backen.

»Dafür werde ich mich noch morgen bei deiner Mutter bedanken ... Jetzt nimm die Schlüssel und hol' aus der großen Truhe im

Schlafzimmer zwei neue Bettbezüge und bezieh' zwei Satz Betten ... Die aus dem großen Fremdenzimmer kannst du nehmen.«

Ohne zu fragen, tat Christel, was ihr aufgetragen war. Gerade als sie damit fertig war, kam jemand die Treppe leise heraufgetappt. Sie war nicht ängstlich, aber sie nahm doch ihren Leuchter und trat auf den Flur hinaus.

Wolf stand vor ihr mit einer elektrischen Laterne in der Hand:

»Ich habe dich doch nicht erschreckt?«

»Nein, Wolf, aber ich konnte es mir nicht erklären, wer hier so leise herumgehen könnte. Du trittst sonst schärfer auf.«

»Na, dann nimm mal einen Arm voll Betten und komm' mit. Ich nehme die anderen.«

Er leuchtete ihr mit der Laterne voran und führte sie vom Flur in den Keller.

Vor der verborgenen Tür blieb er stehen und öffnete sie durch einen Druck gegen die Wand.

»Das soll hier im Notfall euer Zufluchtsort sein. Ich habe schon für alles Mögliche gesorgt, bloß das Wasser macht mir Kopfzerbrechen. Für alle Fälle stelle ich euch ein Dutzend Flaschen Moselwein unter eins der Betten. Wir müssen bloß nicht ein paar Gläser und den Korkenzieher vergessen.«

Christel hatte, während er sprach, mit flinker Hand die Betten gemacht.

»Was kann ich dir noch helfen, Wolf?«

»Nichts, Christelchen. Ich will dir nur noch draußen an der Tür den Mechanismus zeigen, durch den sie sich öffnen lässt, damit du, wenn es nötig sein sollte, allein oder mit der Mutter hier rein kannst ... So, nun wollen wir raufgehen, aber erst gib mir deine Hand ... Ich will dir dafür danken, dass du meine Mutter nicht allein lässt ... Ich war ja dagegen, aber jetzt freue ich mich darüber.«

Ohne zu zögern, legte sie ihre Hand in die seinige und sah ihm voll ins Gesicht.

»Dazu hast du gar keine Ursache ... Du weißt doch, wie lieb ich deine Mutter habe ... Sie hätte sich ja wundern müssen, wenn ich sie im Stich gelassen hätte ... Gute Nacht, Wolf ... Schlaf' wohl!«

»Gleichfalls, Christel!«

15.

Die ganze Nacht hindurch hatte Wolf an der Ausstattung und Versorgung des Verstecks gearbeitet ... In einer Ecke hatte er alles aufgehäuft, was er vor einer etwaigen Zerstörung in Sicherheit bringen wollte. Silbersachen, alte Familienbilder, Kleider, Betten und alle möglichen Dinge, die ihm in die Hand fielen ... Schließlich hatte er noch den Vorrat seines Weinkellers geborgen.

Der Morgen graute bereits, als er in sein Zimmer trat. In Kleidern warf er sich aufs Sofa, um noch ein paar Augen voll Schlaf zu nehmen. Aber schon nach einer Stunde wurde er durch Pferdegetrappel auf dem Hofe geweckt ... Er sprang auf und eilte ans Fenster ... Da hielt eine Schwadron Dragoner auf dem Hof ... Er nahm seine Mütze und ging hinaus.

Die Offiziere waren eben damit beschäftigt, Patrouillen einzuteilen und abzuschicken ...

Der Rittmeister von Perbandt kam auf ihn zu.

»Haben Sie eine leere Scheunendiele? Und etwas Stroh für meine Leute, damit sie sich für ein paar Stunden hinlegen und ausruhen können? Wir haben die ganze Nacht kein Auge zugetan ... Auch Hafer und Heu für meine Pferde möchte ich haben ... Und nun, guten Morgen, lieber Stutterheim ... Wissen Sie schon was von den Russen?«

»Jawohl, Herr Rittmeister. Gestern Nachmittag sollen schon Kosaken in Preußischhöh gewesen sein ... Wir glaubten durch den Fernsprecher zu hören, dass sie das Telefon zerstört haben.«

»Das werden sie wohl getan haben. Das würden wir auch tun, wo es nötig ist.«

»Darf ich bitten, einzutreten? Ich werde gleich für ein kräftiges Frühstück sorgen.«

»Wird mit Dank angenommen, lieber Stutterheim ... Komisch, was, mir ist noch gar nicht nach Krieg zumute ... Mir ist so, als wenn wir hier eine Übung im Gelände machen.«

»Wie lange dürfen wir hoffen, Sie hier zu behalten, Herr Rittmeister?«

Der Offizier zuckte die Achseln.

»Nix Genaues weiß man nicht ... Ihnen kann ich es ja sagen ... Ich habe den Befehl, im Verein mit dem Bataillon, das links von uns liegt, hierzubleiben und Patrouillen vorzuschicken, bis die Russen mit großer Übermacht 'ranrücken, dann gehen wir langsam zurück … Das kann morgen der Fall sein, vielleicht auch schon heute … Die Russen haben doch sicherlich uns gegenüber hinter der Grenze mindestens eine Division stehen … Na, werden wir leben, werden wir sehen …«

Er stand schnell auf.

»Ah, guten Morgen, gnädiges Fräulein.«

Christel stand frisch wie eine Rose im Morgentau vor den beiden Herren …

»Darf ich zum Frühstück bitten, Herr Rittmeister? Ich habe schon die anderen Herren auch bitten lassen.«

»Das geht ja fix hier in Dalkowen … Würden Sie auch imstande sein, meine Leute zu bewirten?«

»Sie erhalten eben schon frische Milch. Du hast doch nichts dagegen, Wolf, dass ich eigenmächtig das angeordnet habe? … Außerdem Brot und Butter. Das Schmieren können sie wohl selbst besorgen … Werden wir unsere Feldgrauen auch zu Mittag bewirten dürfen?«

»Wenn Sie dazu imstande sind, gnädiges Fräulein, nehmen wir es mit Dank an. Dann brauchen meine Leute nicht selbst abzukochen.«

»Wir haben eine genügend große Kochgelegenheit im Russenhause«, warf Wolf ein.

Gegen Mittag kam eine Patrouille zurück, die schon mit den Russen zusammengestoßen war … Die drei Dragoner hatten am Rande eines Wäldchens in Deckung gehalten und ausgespäht, als kaum zweihundert Meter vor ihnen auf einer Erdwelle etwa zwanzig Kosaken plötzlich auftauchten … Beim ersten Schuss hatten sie blitzschnell kehrtgemacht und waren davongesprengt …

Schon bei den ersten drei Schüssen war ein Kosak verwundet vom Pferd gefallen. Ein Kamerad hatte ihn auf seinen Gaul gehoben und mitgenommen … Von der nächsten Erdwelle hatten die Dragoner die Kosaken eifrig beschossen. Zwei von den Feinden waren gefallen.

Alle drei Pferde waren erbeutet worden. Unansehnliche, struppige Gäule, und klapperdürr … Auch eine Mütze, eine Nagaika und einen Karabiner hatten die Sieger aufgelesen und mitgebracht …

Lachend umstanden die Dragoner ihre Kameraden, die lebhaft das schnelle Ausreißen der Kosaken schilderten … Eine gehobene Stimmung herrschte unter den Feldgrauen auf dem Hofe … Die Offiziere, die nicht im Gelände waren, saßen auf der Veranda bei einem guten

Glas Wein und einer Zigarre ... Von Andreaswalde war die Meldung gekommen, dass eine Infanteriepatrouille eine ganze Schwadron Kosaken mit großem Erfolg beschossen und in die Flucht geschlagen hatte.

Nun gab's täglich Plänkeleien zwischen den deutschen Patrouillen und den Kosaken. Sie schwärmten in Trupps von zwanzig, dreißig Mann überall umher, zerschnitten die Telefon- und Telegrafenleitungen und zündeten aus reinem Übermut in den Ortschaften einzelne Gehöfte an ... Ausgebaute Höfe, Getreide- und Strohstoggen schienen sie grundsätzlich nicht zu verschonen. Sie waren zu ihren Brandstiftungen ohne Zweifel ausgerüstet, denn sie führten Streifen einer Zelluloidmasse bei sich, die, mit einem Streichhölzchen angezündet, jedes Gebäude unfehlbar in Brand steckte ...

Am Tage sah man bald hier, bald dort schwarze Rauchwolken aufsteigen ... Und nachts war der ganze Horizont im Süden und Südosten von Feuerscheinen erhellt.

Vor den deutschen Truppen hielten sie, obwohl sie stets in bedeutender Übermacht waren, niemals stand.

Unsere Feldgrauen schossen gut. Wenn die Entfernung nicht allzu groß war, holten sie mit ihren Kugeln stets ein halbes Dutzend und noch mehr aus dem Kosakenschwarm heraus ... Die Russen schienen es zu fühlen, dass sie von uns keine Schonung zu erwarten hatten, denn ihre Verwundeten nahmen sie stets mit, nur die Toten ließen sie liegen. Aus den von ihnen heimgesuchten Ortschaften flüchteten die meisten Einwohner.

Fortwährend kamen Wagen mit Betten und Hausgerät hoch bepackt auf der Chaussee an Dalkowen vorüber. Auch die Kühe wurden mitgeführt ... Grauenvolle Dinge erzählten die Flüchtlinge ... Die Kosaken hatten Männer und Frauen und Kinder, die sie beim Einreiten in ein deutsches Dorf zufällig auf der Straße trafen, durch Lanzenstiche oder Säbelhiebe verwundet oder getötet ... Sie hatten, wo sich ein neugieriges Gesicht am Fenster zeigte, hineingeschossen ... Sie hatten Vieh und Pferde mitgenommen ... Ja, an mehreren Stellen hatten sie Ställe mit dem darin befindlichen Vieh verbrannt ...

In nicht ganz seltenen Fällen hatten die Leute aus törichter Neugier sich selbst in Gefahr gebracht. Trotz der Kosakenfurcht wurde noch überall auf den Feldern gearbeitet. Anstatt nun ruhig bei der Arbeit zu bleiben, liefen die Menschen auf den nächsten Berg, um sich die

Russen anzusehen. Dann sprengten die Kosaken auf sie zu und stachen alle nieder, die sie einholen konnten.

Man wollte anfänglich nicht alles glauben, was die Flüchtlinge erzählten, wenn sie unter dem Schutz des deutschen Militärs in Dalkowen haltmachten, um ihr Vieh zu tränken und zu füttern, ehe sie weiterzogen.

Frau Stutterheim war der Ansicht, dass infolge der allgemeinen, durch den Krieg verursachten Erregung nicht nur vieles übertrieben, sondern auch manches erlogen würde ... Aber eines Morgens kam ein Mann mit zwei Kindern zu Fuß anmarschiert und bat im Gutshause um etwas Nahrung. Die Tränen liefen ihm unaufhaltsam die Backen herunter, und dann erzählte er, dass seine Frau vor dem Hause von einem Kosaken einen Säbelhieb bekommen habe, der ihr den Kopf spaltete. Darauf sei seine Tochter, ein Kind von zwölf Jahren, hinzugesprungen. Auch sie hatte der Unhold mit einem Säbelhieb niedergestreckt. Dann die alte Mutter, die schreiend aus dem Hause hinstürzte, und dann noch den Vater, einen Mann von achtzig Jahren.

Auch die Nachrichten, die von anderen Stellen des gefährdeten Landstrichs an der Grenze allerdings recht spärlich einliefen, berichteten von ähnlichen Schandtaten der Russen. Von Raub und Mord, von Brand und Plünderung ... Und überall waren Kosaken die Mordbrenner ... Der Ingrimm, der auf deutscher Seite aufloderte, fand keine andere Bezeichnung als ›die Hunde‹, obwohl man damit nur den treuen Gefährten des Menschen beleidigte ... Als man an den zahlreichen Schandtaten nicht mehr zweifeln konnte, machte Wolf noch einmal den Versuch, seine Mutter zur Flucht zu bewegen ... Es konnte keinem Zweifel unterliegen, dass die Russen grundsätzlich jede Domäne und jedes Gut, sobald sie es ausgeplündert hatten, niederbrannten, während sie im Allgemeinen die Bauerndörfer verschonten. Frau Stutterheim weigerte sich nach wie vor, Dalkowen zu verlassen.

»Mutter«, sagte Wolf ernst, »die Verhältnisse liegen jetzt anders als vor acht Tagen. Jetzt können wir nicht mehr daran zweifeln, was uns bevorsteht, wenn wir schutzlos zurückbleiben ... Du bist eine alte Frau, du musst wissen, was du tust, aber du hast kein Recht, Christels Leben oder noch mehr in Gefahr zu bringen ... Du hast wohl auch nicht bedacht, dass du auch für mich durch dein Hierbleiben die Gefahr vergrößerst ... Denn das sage ich dir: Ich springe jedem Russen an die Kehle, der dich oder Christel beleidigt. Selbst wenn ich weiß, dass ich dafür im nächsten Augenblick an die Mauer gestellt und erschossen werde.«

»Ich gehe nur von hier weg, wenn du mitkommst.«

»Das kann ich nicht, Mutter ... Die Behörden verlangen, dass wir hier aushalten ... Und sie haben recht, denn trotz aller Untaten verschonen die Russen doch meistens die Gebäude, wo die Bewohner drin geblieben sind, während sie jedes leerstehende Gehöft anscheinend grundsätzlich niederbrennen ... Ich will auf die Menschen, die aus Angst fliehen, keinen Stein werfen, aber wer Mut hat, soll hierbleiben.«

»Und wir haben den Mut, nicht wahr, Christel?«

»Christel bitte ich ganz aus dem Spiel zu lassen ... Darüber haben nur ganz allein ihre Eltern zu bestimmen ... Und ich werde noch heute nach Andreaswalde rüberreiten, um zu veranlassen, dass Christel nach Hause geholt und mitgenommen wird, wenn ihre Eltern wegfahren ...«

Er war am Nachmittag wirklich nach Andreaswalde geritten und kehrte erst abends zurück ... Bei der Mutter ließ er sich nicht mehr sehen. Und als er am anderen Morgen zum Frühstück kam, hatte er eine kalte, undurchdringliche Miene aufgesetzt ... Er sprach auch nur das Allernotwendigste, und auf die Frage der Mutter, ob Christel nach Hause müsse, hatte er nur ein hartes ›Nein!‹

Die Tante hatte ihn auf seine dringenden Vorstellungen geantwortet, sie wolle sich die Sache überlegen, vorläufig sei doch noch keine Gefahr. Und Onkel, der still vor sich hin brütend in seinem Zimmer saß, hatte ihm endlich nach langem Drängen mit müder Stimme geantwortet: Er könne sich nicht darum kümmern ... Wolf hatte den Eindruck mitgenommen, dass Christels Vater nicht mehr in vollem Besitz seiner Geisteskräfte sei.

Eine Stunde später trat Christel in sein Arbeitszimmer.

»Wolf, bist du mir böse? Weshalb erzählst du mir nicht, was meine Eltern gesagt haben?«

Sein Gesicht sah aus, als wenn es erstarrt wäre.

»Bedaure, Christel, ich habe mich deutlich genug ausgedrückt. Ich kann es nicht hindern, dass du bei meiner Mutter bleibst ... Im Übrigen stelle ich dir anheim, selbst deine Eltern zu befragen.«

»Das werde ich nicht tun ... Ich werde mich sogar dagegen wehren, wenn sie mich mitnehmen wollen ... Ich bleibe auf alle Fälle bei deiner Mutter. Bei dir ist es nur Halsstarrigkeit, dass du hier bleiben willst.«

»Du bist wenigstens, aufrichtig, Christel. Dann sage mir aber auch, weshalb die Mutter sich nicht in Sicherheit bringen will?«

»Ich denke, das könntest du wissen, Wölflein! Aus großer Liebe zu dir. Und da musst du als Sohn nachgeben, anstatt durch deinen Eigensinn das Leben deiner Mutter zu gefährden ... Ich meine: Ein Menschenleben, das Leben einer geliebten Mutter, ist doch mehr wert, als das bisschen Hab' und Gut, das du aller Wahrscheinlichkeit nach ersetzt bekommst, wenn es verloren geht.«

»Hältst du mich für so kleinlich, dass mich nur die Sorge um meinen Besitz hier fesselt? ... Nein, Christel, ich muss hier festhalten und bewahren suchen, was in meinen Kräften steht, damit unsere Truppen, wenn sie die Russen zurückschlagen werden, hier noch was vorfinden, was sie sicher sehr brauchen werden.«

16.

Ein warmer Sommerabend lag auf der Erde ...

Die Offiziere saßen mit Wolf auf der Veranda und besprachen in froher Stimmung die Nachrichten, die mit einem Pack Zeitungen aus Königsberg gekommen waren. Das Eindringen der deutschen Truppen nach Kalisch und Czenstochau. Der Einmarsch in Belgien wurde mit klingenden Gläsern gefeiert ... Auch den Dragonern waren die guten Nachrichten schon mitgeteilt worden. Man hörte sie auf dem Hof lachen und singen.

Ein musikalischer Gefreiter begleitete die Lieder auf einer großen Handharmonika, die wie eine Orgel klang.

Allmählich verstummte die Fröhlichkeit. Einer nach dem anderen verschwand, um sich in der Scheune auf dem Strohlager auszustrecken ... Auch die Offiziere waren ebenso müde. Sie waren eben im Begriff, sich angekleidet auf ihr Lager zu werfen, als der Wachtmeister einen Jungen angeführt brachte, einen driftigen Schlingel von höchstens zwölf Jahren, der durchaus den Herrn Oberkommandierenden sprechen wollte ... Der Junge führte sein Zweirad an der Hand. Rittmeister von Perbandt erhob sich.

»Was willst du, mein Junge?«

»Ach, Herr Offizier, ich bin gekommen, Ihnen zu erzählen. Heute Nachmittag kamen die Kosaken in unser Dorf und haben unser Dorf abgebrannt ... Drei Menschen haben sie totgeschossen und mehr als zwanzig gefangen genommen ... Auch meine Eltern und eine Schwester ... Die haben sie alle weggebracht nach der Grenze zu. Wahrscheinlich bis nach Russland rein.«

»Wo ist das geschehen?«

»In Lisken, Herr Offizier.«

»Rittmeister bin ich, damit du es weißt.«

Einer der Offiziere hatte schon seine Karte vorgenommen und ausgebreitet ... Ohne Scheu trat der Junge heran und wies mit dem Finger auf die Karte:

»Hier liegt unser Dorf, seitwärts von Bialla.«

»Junge, du kannst ja schon eine Karte lesen!«

»Na, Herr Rittmeister, ich gehe doch schon sechs Jahre in die Schule.«

»Na, und nun bist du hergekommen, um uns das zu melden?«

»Ee, nei, Herr Rittmeister, noch viel mehr ... Die Russen sind des Abends nach Masten geritten. Da haben sie nicht weit von dem Wäldchen auf dem Stoppelfeld ein Lager aufgeschlagen.«

»So, so, kannst du mir vielleicht sagen, wie viel Mann es sind?«

»Es waren dreiundsechzig Mann, Herr Rittmeister. Drei Kosaken sind mit den Gefangenen zurückgeritten. Also sind noch sechzig Mann ... Ich lag hinter einem Strauch und habe sie genau gezählt, als sie vorbeiritten ... Dann holte ich mein Rad vom Feld, wo ich es versteckt hatte, und fuhr ihnen nach.«

»Das war aber tollkühn, mein Junge!«

»Ach wo, die Hunde waren ja schon halb betrunken, als sie von Lisken weg ritten ... Sie nahmen aber noch einen Wagen mit, darauf haben sie aufgeladen ein ganzes Ohm Spiritus, ein Schwein, drei Hammel und so viel Brote, wie sie in den Häusern fanden ... Gleich wie sie das Lager aufgeschlagen hatten, fingen sie auch schon an, Schnaps zu saufen ... Und die Tiere haben sie geschlachtet und Fleisch gebraten.«

»Erzähl' mir mal, wie sie das Lager aufgeschlagen haben.«

»Na, vier Mann haben mit dem Wagen Stroh aus Masten geholt, die anderen haben kleine Pfähle in einer Reihe eingeschlagen und die Pferde mit Halftern angebunden. Dann haben sie trockenes Holz armweise von einem Gehöft geholt und Eimer voll Wasser und haben die Pferde getränkt. Und andere haben Löcher gegraben und haben Feuer angemacht.«

»Junge, wie hast du das alles ausgekundschaftet?«

»Ich war über die Wiese ganz dicht bis an sie rangekrochen und lag hinter einem Weidenstrauch.«

»Und weshalb bist du nun hergekommen?«

Mit blitzenden Augen erwiderte der Junge:

»Ich habe mir so gedacht, wenn unsere Soldaten das wüssten, dann könnten sie sich fein ranschleichen und die Hunde alle totschießen.«

»Die Russen haben doch sicherlich ringsum Posten ausgeteilt?«

»Ach wo, Herr Rittmeister, nicht einen einzigen. Zweimal haben sie drei Mann weggeschickt, aber die kamen bald wieder. Da habe ich, als es dunkel wurde, mein Rad bis zur Chaussee geführt und dann heidi, los.«

»Sollten in Bialla keine Russen sein?« fragte der Rittmeister zu den anderen Offizieren umgewandt.

»Ach wo, Herr Rittmeister«, fiel der Junge ein.

»Ich bin ja doch durch Bialla gekommen und habe den Nachtwächter getroffen ... Gestern war eine Kosakenpatrouille da, aber heute keine ... Sie können mir wirklich glauben, ich führe sie bis dicht an die Russen ran, und dann können Sie vom Berg runter in die Hunde reinpfeffern.«

Eine Stunde später ritt Leutnant Lottermoser mit zwanzig Dragonern ab ... Der Junge fuhr auf seinem Rad ihnen weit voraus. Der Mond, dessen erstes Viertel sich gerade vollendet hatte, stand hinter einem dichten Wolkenschleier am Himmel und spendete so viel Licht, dass die Dragoner Trab reiten konnten.

Vor dem großen Dorf Sulimmen wartete der Junge auf die Reiter.

»Ich bin schon hin und zurück durchgefahren. Alles in Ordnung, Herr Leutnant.«

Ebenso erwartete er die Dragoner vor der kleinen Stadt Bialla, deren wenige Straßen er schon abgefahren hatte ... Eine halbe Stunde später stand er neben seinem Rad auf der Chaussee.

»Jetzt müssen wir hier abbiegen auf den Landweg, Herr Leutnant.«

Der Morgen graute bereits, als die erste Salve der Dragoner krachte ... Auf die kurze Entfernung von kaum hundert Meter hatte fast jeder Schuss getroffen. Die Russen sprangen auf und liefen wie Hammel, die an der Drehkrankheit leiden, schreiend und fluchend hin und her

... Eins von den Pferden riss sich los und jagte davon ... Wie die Toten hatten die Kosaken, sinnlos betrunken, in tiefstem Schlaf gelegen. Wie die Fliegen unter dem Schlag der Klatsche fielen sie unter dem Schnellfeuer der Dragoner ... Zu zween und dreien schwangen sie sich auf ein Pferd und verschwanden in der Dämmerung. Die meisten liefen zu Fuß weg, ohne Lanze und Karabiner. Ja, selbst den Säbel warfen sie weg, um schneller laufen zu können ...

Mehr als dreißig Mann lagen tot oder schwer verwundet auf dem Felde.

Das war der Überfall bei Masten.

Der kleine Held kehrte mit den Dragonern nach Dalkowen zurück und blieb dort. Ein fixer Junge, der sich fortan als zu den Soldaten gehörig betrachtete und von ihnen verhätschelt wurde.

Am nächsten Tage traf eine Abteilung Feldartillerie in Andreaswalde und Dalkowen ein ... Man plante auf deutscher Seite einen starken Schlag gegen die Russen, die jetzt täglich nicht nur die Stadt Bialla, sondern auch die großen Dörfer Sulimmen und Drygallen schwer heimsuchten ... In Bialla hatten sie an einem Tage acht friedliche Einwohner erschossen. In den Dörfern eine Anzahl Gehöfte eingeäschert ... Auf der Chaussee zwischen beiden Orten hatten sie zehn Gutsarbeiter der Domäne Drygallen, die mit vierzehn Pferden einen ganzen Dreschsatz nach dem Gut Kalischken transportierten, überfallen, Männer und Pferde niedergeschossen und die schweren Maschinen in den Chausseegraben gestürzt ...

Früh am Morgen erschienen die Truppen in ansehnlicher Stärke vor Bialla. Die Russen hatten sich bis zum Dorfe Skodden zurückgezogen und den Rand eines bewaldeten Höhenzuges besetzt ... Sie hatten auch eine Abteilung Artillerie, die aber auffallend schlecht schoss ... Unsere Feldgrauen schossen besser.

Nach kurzer Zeit waren acht russische Geschütze total zertrümmert und ebenso viel wurden erbeutet, als die Füsiliere einen Sturmangriff auf die Höhen machten.

In wilder Flucht jagten die Russen zurück, von unseren Dragonern stark bedrängt und zusammengehauen ...

Um fünf Uhr nachmittags zogen die Sieger wieder in Bialla ein ... Die eroberten Kanonen wurden auf dem weiten Marktplatz aufgestellt. Alle Einwohner, Jung und Alt, strömten auf den Markt zusammen ...

Die Militärkapelle des Infanterieregiments spielte ›Nun danket alle Gott‹, dann ›Das Niederländische Dankgebet‹, dann einen flotten Marsch und zuletzt ›Deutschland, Deutschland über alles‹ ... Das Lied sangen die Soldaten und alle Einwohner entblößten Hauptes mit. Dann begann ein geschäftiges Treiben. Alle holten herbei, was sie noch an Vorräten befassen, um die Sieger kräftig zu bewirten.

Das Gefecht hatte uns nur sieben Verwundete gekostet, von denen allerdings fünf in den nächsten Tagen ihren schweren Verletzungen erlagen. Sie wurden unter allgemeiner Teilnahme der Bevölkerung auf dem Friedhof der Stadt mit militärischen Ehren bestattet.

Ein Teil der deutschen Truppen blieb in Bialla stehen, die anderen zogen wieder in ihre alten Stellungen zurück und befestigten den Höhenrand, der eine gute Verteidigungslinie bot, weil davor ein großes Wiesengelände lag, dessen sumpfige Beschaffenheit den Feinden ein Vordringen zum mindesten sehr erschwerte.

Von den Infanterieoffizieren war nur Kurt Stutterheim leicht verwundet. Die feindliche Kugel hatte dicht über dem linken Ohr die Kopfhaut in einer Länge von etwa drei Zentimeter aufgerissen.

Trotz der Verwundung, die einen erheblichen Blutverlust verursachte, war Kurt an der Spitze seines Zuges geblieben und hatte mit seinen Füsilieren zwei russische Geschütze erobert ... Erst nach Beendigung des Gefechtes hatte er sich von einem Sanitäter verbinden lassen ... Alle Kameraden hatten ihn herzlich beglückwünscht, denn er hatte bei der Verwundung wirklich von Glück sagen können ... Einen halben Zoll weiter nach der Kopfseite, dann lag er mit zertrümmertem Schädel irgendwo auf dem Schlachtfelde. Aber nun winkte ihm als einem der ersten seines Regiments das Eiserne Kreuz zum Lohn für seine Tapferkeit.

Frau Brettschneider stand mit ihren Töchtern vor der Tür des Gutshauses, um die Sieger mit einem Blumengruß zu empfangen. Als Kurt unter den Offizieren mit verbundenen! Kopf und ziemlich bleich angeschritten kam, schrie Hedwig laut auf:

»Kurt.«

Im nächsten! Augenblick flog sie, alles um sich vergessend, in seine geöffneten Arme, die sich um sie zusammenschlossen.

Die Kameraden traten zurück. Auf allen Gesichtern lag eine feierliche Rührung, denn da vor ihnen hatte ein übermächtiges Schicksal eben über die Zukunft zweier junger Menschen entschieden ... Hatte zwei

Herzen vor aller Augen fürs Leben zusammengefügt ... Langsam löste sich Hedwig aus Kurts Armen, sah sich verlegen im Kreise um, dann flog sie ihrer Mutter an die Brust, die sich inzwischen von ihrer Überraschung erholt hatte und jetzt auch Kurt die Hand entgegenstreckte.

Nun begann ein Glückwünschen, bis der Oberstabsarzt sich ins Mittel legte und den glücklichen Bräutigam arretierte, um ihn ins Bett zu stecken.

Wolf war am Nachmittag, als der Kanonendonner aufgehört hatte, nach Bialla geritten und hatte die erhebende Siegesfeier auf dem Marktplatz miterlebt. Auch seinen Bruder hatte er gesehen und kurz gesprochen. Dann war er nach Hause geritten, um die Mutter von Kurts Verwundung zu benachrichtigen. Eine halbe Stunde später kam Frau Stutterheim in Wolfs Begleitung. Der Wagen hielt noch nicht, als auch schon Hedwig aus dem Hause gestürmt kam.

»Tante Mathilde, liebe Tante, weißt du noch nicht, wir haben uns verlobt! Ach, ich bin ja so unaussprechlich glücklich!«

»Ja, liebe Mathilde«, sagte Frau Brettschneider, die eben aus der Tür kam, »unsere Kinder haben sich zusammengefunden; vor allen Offizieren ist dieser Hitzkopf hier deinem Jungen um den Hals gefallen. Mathilde!« schrie Frau Brettschneider in demselben Augenblick, »Mathilde, was ist mit dir, du kannst ja mit einmal gehen?«

Frau Stutterheim hatte sich in ihrem Stuhl, den Wolf aus dem Wagen geschoben hatte, aufgerichtet und schritt ohne Hilfe auf die Freundin zu.

Wenige Minuten später saßen seine Mutter und seine Braut an Kurts Bett. Er lag still und bleich und von dem starken Blutverlust etwas matt in halb sitzender Stellung. Aber aus den Augen strahlte ihm das Glück, und er hörte lächelnd zu, wie Hedwig in ihrer schelmischen Art, hinter der sich ihr Gemüt immer zu verstecken pflegte, der Mutter erzählte, wie Kurt sie am Abend des Mobilmachungstages mit Gretes Hilfe in das Wohnzimmer gelockt und dort überrumpelt hatte.

17.

Nach der Schlappe, die sie bei Bialla erlitten hatten, waren die Russen aus dieser Gegend verschwunden. Aber durch die Erkundungsflüge unserer kühnen Flieger wusste man auf deutscher Seite, dass sie große Truppenmassen bei Suwalki sammelten. Jedenfalls, um einen Vorstoß gegen Lötzen zu machen, d. h. gegen den Engpass, der durch die masurischen Seen hindurchführt und durch die Festung Boyen gesperrt wird.

Der zweite Engpass, der sich bei Rudzanny unweit des Städtchens Johannisburg befindet, wurde auch bereits durch russische Truppenmassen bedroht, die sich unter dem Schutz der Festung Lonza am Ufer des Narev sammelten.

Die Offiziere der deutschen Regimenter, die in den beiden Gutshöfen lagen, waren sich nicht im Zweifel darüber, dass dieser Engpass, an dessen Befestigung mit fieberhafter Anstrengung gearbeitet wurde, unter allen Umständen und selbst mit den größten Opfern gehalten werden müsse ... Schon in allernächster Zeit konnten sie erwarten, ebenfalls dorthin beordert zu werden.

Dann musste der ganze Landstrich von der Grenze bis zur Seenkette schutzlos den Russen preisgegeben werden.

Am Abend des 18. August kam der erwartete Befehl, der die Truppen schon vorbereitet fand. Zuerst brachen die Dragoner aus Dalkowen auf, die sich beim Abschied in rührender Weise für die gute Aufnahme bedankten, die sie alle in dem gastfreien Hause gefunden hatten ... Dann marschierte die Infanterie ab, und hinterdrein folgte die Artillerie.

In Andreaswalde war alles zur sofortigen Abreise vorbereitet. Das größere Gepäck war schon einige Tage vorher in einem zweispännigen Wagen, der über Arys nach Styrlack fahren und dort die Gutsherrschaft erwarten sollte, fortgeschickt worden ... Nur die nötigsten Sachen waren in dem Auto untergebracht, das schon wartend vor der Tür stand, als die Artillerie auf der Chaussee vorbeirasselte. In der Aufregung hatte man sich nicht um den Gutsherrn gekümmert ... Als seine Gattin bei ihm eintrat, saß er im Schlafrock und Pantoffeln wie immer vor seinem Schreibtisch. Die Aufforderung, sich schnell Rock und Stiefel anzuziehen, ließ er unbeachtet. Da stürmte Grete mit den Sachen zu ihm herein. Schweigend ließ er sich von ihr ankleiden. Aber als sie ihn unter den Arm fasste, um ihn aus dem Zimmer zu führen, sträubte er sich und stieß ihre Hand zurück ...

Vergebens bestürmte ihn sein Liebling. Er schüttelte nur den Kopf.

»Ich bleibe hier«, erklärte er mit leiser, aber ruhiger Stimme.

»Das geht doch nicht«, rief Frau Brettschneider in heller Verzweiflung. »Mann, begreifst du denn nicht, dass wir dich hier nicht allein zurücklassen können?«

»Ich bleibe hier, liebe Adele.«

»Na, nun sagt bloß, Kinder, was sollen wir mit dem Vater machen?«

»Wir müssen ihn ins Auto bringen, ob er will oder nicht«, erwiderte Hanna energisch ... »Vater ist entschieden krank und weiß nicht, was er tut.«

»Ja, du hast recht, mein Kind. Ich werde den Chauffeur und Brinkmann bitten, uns zu helfen.«

Nun folgte eine traurige, unangenehme Szene. Die beiden Männer scheuten sich, ihren Herrn anzufassen, und versuchten, ihn durch Zureden zum Einsteigen zu bestimmen. Erst als die Gutsherrin es ihnen mit allem Nachdruck befahl und jede Verantwortung auf sich nehmen zu wollen erklärte, griffen sie zu ... Der alte Herr sträubte sich, soviel er konnte, aber als er im Auto saß, schien er sich in sein Schicksal zu ergeben.

Die Szene hatte reichlich eine halbe Stunde gedauert. Mittlerweile war es dunkel geworden ... Der Chauffeur steckte die Laternen an und drehte die Zündung an ... Die Leute, die sich vor dem Gutshause versammelt hatten, zogen schweigend ihr Mützen. Der Wagen setzte sich in Bewegung und fuhr langsam über den Hof. Hinter dem Hoftor schrie eine barsche Stimme:

»*Stoi!*«

Ein Signalschuss knallte in die Luft ... Sofort kamen von allen Seiten Reiter angesprengt, die den Wagen umringten. Der Chauffeur hatte, von dem Schuss eingeschüchtert, den Wagen auf der Stelle angehalten. Frau Brinkmann bog sich aus dem Fenster und schrie ihn an:

»Fahren Sie doch zu!«

Im nächsten Augenblick erschien im Lichtkreis der Laternen ein Offizier zu Pferde. Es war Graf Tolpiga ...

Hanna hatte, als sie ihn erkannte, schutzsuchend Hedwigs Hand gefasst. Sie zitterte an allen Gliedern.

Den meisten Mut bewies Grete.

»Ach, Herr Graf«, rief sie ganz munter, »ein Glück, dass wir Sie treffen, befehlen Sie doch den Soldaten, dass sie uns den Weg freigeben, damit wir wegfahren können ... Der Vater ist so krank, und Hanna ist eben ohnmächtig geworden.«

Tolpiga war vom Pferde gestiegen und an den Schlag getreten.

»Das kann ich nicht, mein kleines Fräulein ... Aber fürchten Sie nichts, meine Damen, Sie stehen unter meinem Schutz ... Ich habe nicht vergessen, dass ich in Ihrem Hause gelebt und Ihre Gastfreundschaft genossen habe ... Sie müssen aber zurückkehren ... Chauffeur, wenden Sie und fahren Sie vors Gutshaus zurück.«

Ein russisches Kommandowort ... die Dragoner gaben den Weg frei ... Der Chauffeur wendete und fuhr denselben Weg zurück ... Vor dem Gutshause öffnete Tolpiga selbst den Schlag ... Grete streckte ihm die Hand entgegen und schüttelte sie ihm wie einem alten Freunde. Dann bot der Graf der Gutsherrin und Hedwig die Hand zum Aussteigen.

»Ach, Brinkmann«, rief die Gutsherrin dem Inspektor zu, der an der Spitze der Gutsleute angegangen kam, »möchten Sie nicht sein bisschen helfen? Hanna ist ohnmächtig geworden.«

»Nicht nötig, gnädige Frau«, erwiderte Tolpiga, »wenn Sie gestatten, werde ich das gnädige Fräulein aus dem Wagen heben.«

Er schnallte seinen Säbel ab, nahm Hanna vorsichtig auf seine Arme und trug sie ins Gartenzimmer, wo er sie auf einen Diwan sanft niederlegte.

»Fräulein Hanna sieht nicht gut aus«, sagte er in bedauerndem Tone, »ist sie krank gewesen?«

»Ja, Herr Graf«, erwiderte die Mutter schnell.

»Ach, das tut mir sehr leid. Hoffentlich ist die Ohnmacht nicht der Vorbote einer neuen Krankheit.«

»Ach wo«, fiel Grete ein, »sie ist bloß sehr nervös und hat sich furchtbar erschreckt, als der Schuss krachte ... Aber nun sagen Sie mal, Herr Graf, Sie sind doch ein Freund unseres Hauses, weshalb lassen Sie uns nicht abfahren?«

»Darüber wollte ich eben mit Ihnen sprechen ... Das Auto muss ich beschlagnahmen, das ist meine Pflicht, die ich nicht verletzen darf.«

»Dann lassen Sie uns doch mit dem Kutschwagen wegfahren.«

»Das könnte ich zur Not verantworten ... Ich möchte jedoch dringend davon abraten. Sie kommen nicht mehr durch, meine Damen

… Unsere Truppen schwärmen überall umher … Sie können angehalten und nach Russland gebracht werden. Oder man nimmt Ihnen die Pferde weg und lässt Sie auf der Straße mit dem Wagen liegen.«

»Aber wenn Sie uns einen Schutzbrief mitgeben?« meinte Grete.

Der Graf zuckte die Achseln.

»Der würde Ihnen auch nichts helfen! Sie würden hundertmal angehalten werden und meistens von Soldaten, die entweder Geschriebenes nicht lesen können oder sich nicht daran kehren … Nein, meine Damen, glauben Sie mir, es ist das Beste, wenn Sie hierbleiben, wo Sie unter meinem Schutz stehen.«

Lächelnd fügte er hinzu:

»Es ist ja auch nicht ausgeschlossen, dass wir vor Ihren Truppen zurückgehen müssen und Sie von unserer Anwesenheit befreit werden.«

Frau Brettschneider, die sich mit Hedwig um Hanna bemüht hatte, trat auf ihn zu und reichte ihm die Hand.

»Wir vertrauen uns Ihrem Schutz an, Herr Graf … Wenn unsere Länder auch miteinander im Krieg stehen …«

»Jawohl, gnädige Frau«, fiel Tolpiga ein, »unsere persönlichen Beziehungen brauchen darunter nicht zu leiden … Jetzt müssen mich die Damen für eine Stunde entschuldigen Wo finde ich Herrn Brettschneider?«

»Vater sitzt schon wieder ins seinem Zimmer am Schreibtisch«, erwiderte Grete, »aber er ist krank. Es ist besser, wenn Sie sich an Brinkmann wenden.«

Hanna lag mit geschlossenen Augen wach … Ihre Backen brannten wie Feuer. Als Tolpiga das Zimmer verlassen hatte, erhob sie sich und verlangte, zu Bett gebracht zu werden … Nur mit Mühe hielt sie sich aufrecht … Ihre Hände waren eiskalt und feucht.

Auf dem Hof herrschte heftiges Getümmel …

Ein Schwarm Kosaken kam angesprengt Ihr Führer wollte sich mit seinen Leuten in Andreaswalde einquartieren … Es gab einen lauten Wortwechsel, bei dem man Tolpigas Stimme deutlich heraushörte …

Endlich zogen die Kosaken ab … Dann wurde es stiller … Die russischen Dragoner hatten ihre Pferde getränkt und gefüttert. Ein Teil blieb in Alarmbereitschaft auf dem Hofe bei den Pferden, die anderen bezogen das Schnitterhaus, wo sie ein fettes Schwein und einen jungen Ochsen schlachteten und bis in die Nacht hinein schmorten und brieten.

Der Graf hatte auf eine Anfrage, ob er für sich und seine Offiziere noch etwas zu essen haben wollte, gedankt und sich nur einige Flaschen Wein ausgebeten.

Für die Sicherheit der Gutsinsassen hatte er in ausgiebiger Weise gesorgt ... Vor jedem Eingang des Gutshauses stand ein Posten ... Im Arbeitszimmer des Gutsherrn saß ein deutschsprechender Unteroffizier am Telefon ... Die Offiziere hatten die Gesellschaftszimmer mit Beschlag belegt, die einen sehr unwohnlichen Eindruck machten, denn die Bilder waren von den Wänden genommen und fortgeschafft ... Die kostbaren, mit Damast bezogenen Möbel waren mit Drellüberzügen bedeckt ... Bis tief in die Nacht hinein bearbeitete ein Leutnant den kostbaren Flügel und sang auch dazu. Es herrschte ein fortwährendes Kommen und Gehen ... Patrouillen ritten fort und kamen zurück ...

Die Familie Brettschneider hatte sich nach oben, wo ihre Schlafzimmer lagen, zurückgezogen. Der Hausherr war bereits zu Bett gebracht worden ... Grete allein war munter und guter Dinge.

»Ein Graf bleibt doch immer ein Graf«, plapperte sie, auf Hannas Bettkante sitzend, »wenn er bloß nicht weg muß. Dann sind wir aufgeschrieben. Morgen früh machen wir ihm ein feines Frühstück ... Aber wer wird Mittag kochen?«

Mit einem drolligen Blick musterte sie die Mutter und Hedwig, so dass sie trotz ihrer Traurigkeit lächeln mussten.

Als Grete früh am anderen Morgen unten erschien, war der Graf weg geritten und kam erst spät am Nachmittag zurück. Unbekümmert ging sie auf dem Hofe umher, besah sich die Soldatenpferde, die ihr wenig zu imponieren schienen, und sprach die Dragoner mit den russischen Brocken an, die sie von den Schnittern aufgeschnappt hatte ... Dann überzeugte sie sich, was die Gutsleute taten, sah nach, ob das Vieh gefüttert war und ging durch die Meierei, wo einige Kannen Milch noch unverarbeitet standen. Schließlich traf sie Brinkmann, der ihr die Zustände in nicht sehr rosigem Licht schilderte. Die Mädchen und jungen Frauen hielten sich versteckt, nur die Männer waren zur Arbeit erschienen ... Sie hatten am Vormittag die vier großen Reisewagen mit Roggen, Hafer und Weizen zu beladen, die dann nach der Grenze weggebracht werden sollten.

Als der Graf nachmittags nach Hause zurückkehrte, stand Grete, die ihn erwartet hatte, vor der Tür.

»Ihre Leute haben hier geräubert, während Sie weg waren, Herr Graf.«

»So, was haben sie denn getan?«

»Sie haben vier große Fuhren Getreide weggefahren.«

»Das werde ich dem Inspektor bescheinigen, mein kleines, verehrtes Fräulein. Dann bekommt Ihr Herr Vater es bezahlt.«

»Von Ihrer Regierung? ... Das können wir ruhig in den Schornstein anschreiben ... Nach dem Krieg wird Ihre Regierung kein Geld haben.«

Tolpiga lächelte belustigt.

»In sechs Wochen sind mir in Berlin.«

Grete schüttelte mit geringschätziger Miene den Kopf.

»Da sind Sie sehr auf dem Holzwege, Herr Graf ... Erst bekommt Frankreich seine Wichse, wie sie die Belgier schon bekommen haben, und dann rechnen wir mit Ihnen ab.«

»Was sagen Sie von Belgien? Sind Ihre Truppen in Belgien?«

»Wissen Sie es wirklich nicht, dass wir Lüttich genommen haben ... Namur belagern und dicht vor Brüssel stehen?«

»Ist das richtig?«

»Herr Graf«, erwiderte Grete in ehrlicher Entrüstung, »Unser Generalstab lügt nicht. Was der meldet, ist bis aufs Tüpfelchen wahr. Darauf können Sie Gift nehmen.«

Während sie sprachen, waren sie ins Esszimmer getreten, wo der Graf sich behaglich in einen Stuhl ausstreckte.

»Hat Ihr Generalstab auch gemeldet, dass die Franzosen mehrere große Siege im Elsass erfochten haben?«

»Siege? Siege, Herr Graf? Nein, Senge haben sie besehen, dass es nur so brauste. Wenn es Sie interessiert, bringe ich Ihnen die Zeitungen, die gestern Abend gekommen sind.«

»Ich bitte darum ... Wie geht es Ihren Damen?«

»Danke, Herr Graf, Hanna ist noch etwas matt, aber sie hat sich schon von dem Schreck erholt.«

»Bitte den Damen meine Empfehlung zu bestellen ... Ich komme eben aus Dalkowen, wo ich Gelegenheit hatte, Herrn Stutterheim einen kleinen Dienst zu erweisen.«

»Ach, erzählen Sie doch.«

»Abends, wenn mir Ihre Damen die Ehre ihrer Gegenwart schenken.«

18.

In Dalkowen waren an demselben Vormittag etwa um 9 Uhr Kosaken auf dem Hof erschienen. Furchtlos war Wolf ihnen entgegengegangen. Er konnte so viel Russisch, dass er sich mit ihnen in ihrer Sprache verständigen konnte. An der Spitze ritt ein blutjunger Leutnant, der von ihm keine Notiz zu nehmen schien.

Dafür lenkte ein Kosak sein Pferd auf ihn zu und führte mit der Nagaika einen heftigen Schlag nach Wolf, der sich jedoch vorgesehen hatte und behände zur Seite gesprungen war.

»Bist du verrückt geworden?« schrie er den Kerl an. »Herr Leutnant haben Sie Räuber oder Soldaten unter sich? ... Ist es bei Ihnen Sitte, wehrlose Menschen anzugreifen?«

Zu seiner Verwunderung erwiderte der Leutnant in fließendem Deutsch:

»Weshalb kommen Sie auf uns zu? Warten Sie doch, bis wir zu Ihnen kommen.«

Der junge Mensch schwang sich aus dem Sattel:

»Haben Sie Waffen bei sich?«

»Nein.«

Auf ein kurzes Kommandowort sprangen zwei Kosaken von den Pferden, befassten Wolf die Arme und begannen ihn zu untersuchen. Ein dritter trat hinzu und riss ihm die goldene Uhr aus der Tasche. Mit einem heftigen Ruck riss er ihm auch den Kettenring aus dem Knopfloch der Weste.

Wolf wurde totenbleich, aber er biss die Zähne zusammen und stand regungslos. Erst als die Kosaken ihn losließen, sagte er mit harter Stimme:

»Herr Leutnant, wollen Sie nicht bemerken, dass der Mann mir eben meine Uhr geraubt hat?«

Der junge Mensch, der sich eben eine *Papiros* angezündet hatte, näselte höhnisch:

»Es ist sehr unvorsichtig, im Krieg so offen eine goldene Uhr zu tragen ... Meine Leute sind gewohnt, Beute zu machen ... Haben Sie Gewehre im Hause?«

»Nein, meine Jagdgewehre habe ich weggeschickt.«

»Gut, wir werden suchen.«

Er begann langsam hin und her zu gehen, während fünf, sechs Mann in das Haus eindrangen.

»Würden Sie nicht die Güte haben, auch einzutreten?« fragte Wolf so höflich als es ihm möglich war. »Es sind zwei Damen im Hause, meine Mutter und ein junges Mädchen aus vornehmer Familie.«

»Ihre Schwester?«

»Nein.«

»Aha, Ihre Braut, nicht wahr?«

»Nein, Herr Leutnant. Es ist eine junge Dame aus dem Nachbargut, die sich der Pflege meiner Mutter widmet.«

»So, so, gut, dann wollen wir hineingehen ... Bitte aber: Sie voraus.«

Unwillkürlich musste Wolf lächeln ... Wie ein Blitz war in ihm der Gedanke vorübergehuscht, wenn er dies schmächtige, zierliche Bürschchen an den Kragen packen und ordentlich abschlackern könnte.

Frau Stutterheim und Christel befanden sich im Wohnzimmer. Mehr aus Gewohnheit als aus dem Bedürfnis zu arbeiten hatten sie eine Handarbeit vorgenommen ... Als Wolf sich umwandte, um so etwas wie eine Vorstellung zu versuchen, hatte der Russe eine Browning in der Hand, den Finger am Abzug.

Das Blut stieg Wolf zu Kopf.

»Herr Leutnant, Sie sind in meinem Hause wirklich nicht von Gefahr bedroht.«

»Das nehme ich an ... Die Waffe habe ich auch nicht zu meiner Verteidigung gezogen, sondern um Sie daran zu erinnern, dass Sie sich in meiner Macht befinden ... Dass Sie gut daran tun, meine Fragen, die ich jetzt an Sie richten werde, ohne Zögern und richtig zu beantworten ... Bitte, wo steht jetzt Ihr Militär?«

Wolf hatte die Arme gekreuzt und sich leicht an den Tisch gelehnt.

»Sie täuschen sich in der Wirkung Ihrer Waffe, Herr Leutnant ... Auf meine Antworten hat sie nicht den geringsten Einfluss ... Ich weiß nicht, wo unser Militär jetzt steht.«

»Bitte, strengen Sie Ihr Gedächtnis etwas an. Ihre Offiziere werden in Ihrer Gegenwart sich darüber unterhalten haben, wohin ihre Marschorder lautete ...«

»Da sind Sie im Irrtum ... Unsere Offiziere pflegen zu niemand über ihre Befehle zu sprechen.«

»Das ist eine schlechte Ausrede. Ich lasse Sie sofort füsilieren, wenn Sie nicht antworten.«

»Geben Sie sich keine Mühe«, erwiderte Wolf mit ruhiger Stimme, »ich lasse mich durch nichts einschüchtern ... Ich werde Ihnen unter keinen Umständen die Frage beantworten, selbst wenn ich es könnte.«

Eine Weile stand der junge Offizier unschlüssig.

Wie erregt er war, konnte man an seinem Munde sehen. Bald biss er die Unterlippe, bald die Oberlippe mit den Zähnen ... Endlich steckte er die Waffe ein.

»Gut, ich glaube Ihnen. Sie sind ein tapferer Mann.«

Die beiden Frauen hatten während dieser gefährlichen Unterredung kein Wort gesprochen ... Christel war aufgestanden und hatte sich neben die Tante gestellt ... Mit leuchtenden Augen sahen beide auf Wolf. Aus Christels Augen war noch mehr zu lesen: Heiße Angst und Liebe und stolze Bewunderung.

»Herr Gutsbesitzer«, begann der Russe wieder.

»Stutterheim ist mein Name.«

»Herr Stutterheim, Sie sind wohl tapfer, aber Sie sind nicht aufrichtig gewesen ... Diese junge Dame Ist ohne Zweifel Ihre Braut.«

Christel stand da wie mit Blut übergossen ...

Wolf lachte spitzbübisch. Zum ersten Mal seit langer Zeit lachte er aus vollem Herzen.

»Herr Leutnant Sie bringen die junge Dame ohne jede Veranlassung in Verlegenheit.«

Auch der Russe lächelte.

»Verzeihung, gnädiges Fräulein, dass ich eine Tatsache vorweggenommen habe, die noch nicht eingetreten ist.«

Er verbeugte sich vor den Damen und wandte sich an Wolf.

»Wollen Sie meinen Leuten verabfolgen, was wir für Menschen und Tiere brauchen?«

Gegen Mittag kam Wolf vom Hofe herein.

»Ein richtiger kleiner Junge, achtzehn Jahre alt ... Zur Strafe zu den Kosaken versetzt ... Wie ein Kind launisch, aufbrausend, dann wieder täppisch zutraulich.«

Er zog lachend seine Uhr aus der Hosentasche.

»Die habe ich mit zwei Talern glücklich wieder ausgelöst ... Aber eine Plage wird das werden, Mutter. Und nun muss ich dir einen Irrtum abbitten ... Ich habe geglaubt, hier durch meine Gegenwart Raub und Plünderung verhüten zu können ... Kein Gedanke daran! Ganz sinnlos haben die Kerle die Lokomobile zertrümmert ... Die Leute sind ohne Ursache, aus reinem Übermut mit der Knute geprügelt worden ... Zwanzig Pferde haben sie mir ausgesucht und nach der Grenze weggebracht ... ein Schwein und ein paar Hammel haben schon dran glauben müssen ... Und das Schlimmste: der junge Mensch hat gar keine Autorität über seine Leute ... Sie lachen ihn aus und tun, was sie wollen.«

»Was sollen wir nun tun? Sollen wir ihn zu Tisch bitten?« fragte die Mutter.

»Ach, kein Gedanke daran ... Ich habe ihm den Saal angewiesen. Dort schickst du ihm das Essen hinein.«

Christel war bei Tisch sehr schweigsam und verlegen ... Sie vermied beharrlich, Wolf anzusehen. Dafür sahen sich Mutter und Sohn öfter an. Dann lächelte Wolf und nickte seiner Mutter zu. Sie hatten sich gerade vom Tisch erhoben, als der Leutnant mit schnellen Schritten ins Zimmer trat, hinter ihm ein Kosak mit geladenem Karabiner in der Hand.

»Sie haben mich belogen, Herr Gutsbesitzer. In dem Wald an Ihrer Grenze sind deutsche Soldaten versteckt ... Ich lasse Sie alle drei erschießen, wenn wir angegriffen werden ... Stellen Sie drei Stühle an die Wand.«

»Was soll das heißen?« brauste Wolf auf.

»Keine Widerrede, ich lasse sofort schießen!«

Der Kosak schlug seinen Karabiner auf Wolf an.

»Herr Leutnant«, sagte Frau Stutterheim ruhig, »wir fügen uns Ihren Anordnungen.«

Hochaufgerichtet schritt sie auf einen Stuhl an der Wand zu und setzte sich ... Wolf trug den zweiten für Christel und den dritten für sich heran.

»Sie dürfen nicht miteinander sprechen und dürfen sich nicht vom Platz rühren ... Ich warne Sie ... Die Posten hat den strengsten Befehl, sofort zu schießen.«

Achselzuckend sah Wolf die Mutter an. Sie nickte ihm beruhigend zu. Wie eine Bildsäule stand der Kosak, ein abschreckend hässlicher Mensch mit bösen Augen, vor ihnen.

Langsam rückte der Zeiger auf der Uhr vor ... Die Gefangenen konnten sie nicht sehen, aber sie hörten sie ticken und die halben

Stunden schlagen ... Nun schlug die Uhr zwei ... Eine Stunde also hatten sie schon gesessen.

Wolf fieberte vor Wut ... Mahnend legte ihm die Mutter die Hand auf den Arm. Wie ein Hauch kam es von ihren Lippen:

»Rauch'.«

Nun fasste Wolf in seine Brusttasche, nahm seine Zigarrentasche heraus und reichte dem Russen eine Zigarre ... Er streckte die rechte Hand aus, nahm die Zigarre und steckte sie zwischen die Knöpfe seines Rockes.

Als Wolf sich seine Zigarre angesteckt hatte, blies er behaglich den Rauch von sich und sagte auf Russisch:

»Brüderchen, kannst du mir nicht sagen, wie lange wir noch hier sitzen sollen?«

Statt zu antworten, stampfte der Kosak mit dem Fuß auf und hob drohend sein Gewehr.

Wieder verging eine Stunde. Frau Stutterheim hatte ihren Kopf zurückgelehnt und die Augen geschlossen ... Das Stillsitzen auf dem unbequemen Stuhl strengte sie furchtbar an. Sie war ganz bleich geworden.

Christels Augen hingen in tiefer Besorgnis an ihrem Gesicht ... Wolf hatte mit beiden Fäusten die Kante seines Sitzes umklammert, um sich zur Ruhe zu zwingen. Das Blut kochte in seinen Adern. Die Gedanken wirbelten ihm wild durch den Kopf.

Wenn er plötzlich aufsprang und dem Russen das Gewehr entriss, dann konnten die beiden Frauen Zeit gewinnen, aus dem Zimmer zu entkommen und das Versteck zu erreichen. Nur die Besorgnis, dass der Russe trotz der Überraschung das Gewehr abdrücken und eine der Frauen verwunden oder erschießen könnte, hielt ihn noch zurück.

Immer und immer wieder wälzte sich der Gedanke durch seinen Kopf, dass er vor Aufregung mit den Zähnen knirschte ... Wenn er beim Aufspringen dem Russen das Gewehr sofort nach oben schlug ... gleichzeitig musste ein Schlag ihn mit voller Kraft mitten ins Gesicht treffen und niederwerfen ...

Wieder war eine halbe Stunde vergangen, da begann die Mutter auf dem Stuhl hin und her zu wanken. Halb bewusstlos flüsterte ihr Mund:

»Wasser.«

Ohne sich zu besinnen, sprang Christel auf, um von dem nahen Tisch Wasser zu holen.

»*Stoi*«, schrie der Russe und schlug auf sie an.

In demselben Augenblick stand Wolf mit einem mächtigen Satz vor ihm. Seine linke Hand fasste das Gewehr und drückte die Mündung nach oben. Ein Faustschlag, mit furchtbarer Kraft geführt, traf den Russen mitten zwischen die Augen auf die Nasenwurzel.

Wie vom Blitz getroffen, fiel der Kosak nach vorn über, aber dabei entlud sich das Gewehr, das Wolf festhielt ...

Er warf es auf die Erde.

»Verschwindet in das Versteck«, rief er den Frauen zu. »Schnell.«

Er fasste die Mutter um und drängte sie zur Tür, die er hinter ihnen zuwarf und verschloss ... Jetzt hatte er keine andere Aufgabe mehr, als so viel Zeit zu gewinnen, dass die beiden Frauen sich in Sicherheit bringen konnten.

Als er sich umwandte, stand der Leutnant, den Revolver in der Hand, auf der Schwelle.

»Was geht hier vor?«

Mit drohender Miene trat ihm Wolf entgegen.

»Das fragen Sie noch? Der Hund von Kosak hat auf das junge Mädchen geschossen ... Sind das Menschen oder sind das Bestien?«

»Wo ist der Kosak?«

Wolf trat ein paar Schritte zurück und wies mit dem Fuß auf den Russen, der regungslos auf dem Gesicht lag.

»Ah, Sie haben ihn erschossen?«

»Nein, dazu hat meine Faust genügt, um ihn niederzuschlagen.«

»Sie gestehen also, dass Sie einen russischen Soldaten geschlagen haben?«

»Machen Sie keine überflüssigen Redensarten, junger Mann. Drehen Sie ihn lieber um und besehen Sie ihn, dann werden Sie wissen, was ihm fehlt.«

Der Offizier ging mit vorgehaltenem Revolver rückwärts zur Tür ... Hinter ihm schlug Wolf eine laute Lache auf. Jetzt schrie der Leutnant ein lautes Kommando aus dem anderen Zimmer durchs offene Fenster ...

Fünf, sechs Kosaken kamen angelaufen, aber ohne Waffen.

Einen Augenblick schoss Wolf der Gedanke durch den Kopf, das Kosakengewehr zu nehmen und sich zu verteidigen. Aber was half es, wenn er noch einige ins Jenseits beförderte? Er ging zur Tür.

»Herr Leutnant, schicken Sie Ihre Leute weg ... Sie übersehen die Tragweite Ihres Handelns nicht ... Sie würden Ihren Namen für alle Ewigkeiten unauslöschlich besudeln, wenn Sie mich jetzt erschießen ließen. Ich fürchte mich nicht vor dem Tod ... Das könnten Sie wohl wissen ... Ich spreche nur in Ihrem Interesse ... Ein preußischer Offizier würde den Soldaten, der auf ein wehrloses Mädchen schießt, sofort an die Mauer stellen und demjenigen danken, der das Mädchen verteidigt hat.«

Ein schrilles Klingelzeichen tönte durch das Haus.

Der Russe sah sich unruhig um:

»Was bedeutet das?«

»Das will ich Ihnen sagen. Es ist für mich das Zeichen, dass meine Damen in Sicherheit und Ihrer Macht entrückt sind ... Nun will ich deutsch mit Ihnen reden! Sie tragen einen deutschen Namen, wie ich erfahren habe, stammen also aus einer Familie, die früher mal deutsch gewesen ist ... Jetzt ist dafür gesorgt, dass Ihr Name fortan in Deutschland mit Abscheu genannt werden wird ... So, jetzt können Sie tun, was Sie nicht lassen können.«

19.

Noch eine Minute zögerte der Leutnant, dann rief er den Kosaken, die vor dem Hause warteten, einen Befehl zu. Sie traten ein ... Ein Unteroffizier stellte sich stramm und meldete:

»Dragoner kommen auf den Hof geritten. Ein Offizier mit acht Mann.«

»Schert euch zum Teufel«, schnauzte der Leutnant ihn an.

Draußen ertönte eine Stimme, die Wolf bekannt vorkam ... Er trat einen Schritt vor. Tolpiga stand in der Tür.

»Herr Graf!«

»Jawohl, Herr Stutterheim ... Ich komme, Ihre Gastfreundschaft in Anspruch zu nehmen ... Mir klebt die Zunge am Gaumen, denn ich habe seit vier Uhr morgens im Sattel gesessen ... kann ich mir ein Glas Wein bei Ihnen ausbitten?«

»Gern, Herr Graf.«

Tolpiga sah sich nach den Kosaken um, die hastig durch die Tür davonstürmten.

»Was geht hier vor? Hat man Sie belästigt, Herr Stutterheim?«

»Bitte, lassen Sie es sich erst von Ihren Kameraden erzählen.«

Als Wolf nach einigen Minuten mit einer Flasche Mosel und zwei Gläsern zurückkam, stand der Leutnant mit einer Armsündermiene am Fenster ... Der Rittmeister ging aufgeregt im Zimmer auf und ab.

»Nun erzählen Sie mir mal, was hier vorgegangen ist!«

Ganz ruhig erzählte Wolf, wie er in den letzten Stunden mit seiner Mutter und Christel behandelt worden war. Ohne jede Beschönigung berichtete er seinen Zusammenstoß mit dem Kosaken.

»Der Kerl liegt noch im Nebenzimmer.«

Tolpiga ging hinein und stieß den Kosaken mit dem Fuß an.

»Steh' auf, du Schwein.«

Nun bückte sich Wolf und drehte den Kosaken auf den Rücken.

»Donnerwetter«, sagte der Graf, »Sie schlagen eine gute Faust ...«

Dann rief er durch die Tür:

»Lassen Sie den Lümmel hier rausschaffen und schicken Sie in mein Quartier nach dem Stabsarzt ... Und dann lassen Sie satteln. Sie können sich ein Quartier im nächsten Dorf suchen ... Hier lege ich einen Zug Dragoner hinein.«

»Es ist ein Jammer mit den Kosaken«, sagte er zu Wolf, als der Leutnant das Zimmer verlassen hatte. »Sie sengen alles runter, und wir, die wir nach ihnen kommen, können auf freiem Feld biwakieren. Zum Glück haben wir jetzt in Andreaswalde eine gute Unterkunft gefunden.«

»Die Familie Brettschneider haben Sie aber nicht mehr vorgefunden?«

Der Graf lächelte.

»O doch, ich habe sie am Hoftor arretiert weil ich das Auto nicht entwischen lassen durfte ... Da haben die Herrschaften es vorgezogen, in Andreaswalde zu bleiben ... Darf ich fragen, wo Ihre Frau Mutter und Fräulein Christel sich in Sicherheit gebracht haben?«

Jetzt lächelte Wolf.

»Das möchte ich nicht verraten, Herr Graf, aber sie werden zum Vorschein kommen, wenn Ihre Dragoner hier einrücken ... Ihren Leuten soll es hier an nichts fehlen.«

»Dann werde ich mir erlauben, sie morgen hier zu begrüßen.«

Frau Stutterheim hatte zum ersten Mal in ihrem Leben die Herrschaft über sich selbst verloren ... Als Wolf sie zur Tür führte, drehte sich alles um sie in die Runde. Sie sah Wolf die Faust erheben, den Russen niederstürzen ... Die Füße drohten ihr den Dienst zu versagen. Sie wäre umgesunken, wenn Christel sie nicht mit starken Armen gehalten hätte ...

Die Angst verdoppelte ihre Kräfte ... Halb sie tragend, führte sie die alte Dame bis zur Treppe, die zum Keller hinunterging. Dort legte sie sich ihre Arme über die Schultern und nahm sie Huckepack.

Die Last war groß, denn Frau Stutterheim war nicht nur stattlich, sondern auch ziemlich korpulent ...

Aber Christel biss die Zähne zusammen und trat vorsichtig Stufe um Stufe abwärts ... Eine Sekunde hielt sie an, um zu lauschen. Oben schien alles ruhig zu sein ... Konnte Wolf nicht ihnen folgen? Jetzt war sie vor der Tür ihres Verstecks ... Ihre tastende Hand fand in der Aufregung nicht die Stelle, auf die gedrückt werden musste ... Endlich gab die Tür nach. Christel trat mit ihrer Last ein und stieß den schweren Riegel vor, der die Tür von innen sicherte ... Dann tappte sie durch den dunklen Raum bis zum nächsten Bett und setzte Frau Stutterheim sanft nieder.

Bald hatten ihre tastenden Hände den Tisch, Licht und Streichhölzchen gefunden ... Es wurde hell im Zimmer ... Da stand auch eine Karaffe mit Wasser, das Wolf vorsorglich jeden Tag erneuert hatte ... Behutsam richtete sie den Kopf der alten Dame auf und gab ihr zu trinken ...

Nach einer Weile fragte Frau Stutterheim leise:

»Wo ist Wolf?«

»Er wird sich wohl in den Park gerettet haben, Tantchen. Es blieb oben alles still, als ich dich hinunterführte.«

»Sag' doch richtig: hinuntertrug! Ich habe es wohl gefühlt, aber ich war wie gelähmt ... Ach, mein Kind, ich vergehe um Angst um meinen Jungen!«

»Das darfst du nicht, Tantchen ... Wir hätten Geschrei, Getümmel oder sogar schießen gehört, wenn er nicht in Sicherheit wäre ... Ich meine, er ist durch das Fenster in den Garten gesprungen und durch den Park in den Wald gelaufen.«

»Das glaubst du doch selbst nicht, mein Kind.«

»Aber ja doch, Tantchen, ich bin fest davon überzeugt ... Du kennst doch Wolf ... Glaubst du, dass er sich ohne Gegenwehr ergeben hätte, wenn er nicht hätte fliehen können?«

Nach einer Weile sagte Frau Stutterheim leise:

»Ach Gott, ich bin allein an dem Unglück schuld ... Wenn ich nicht schwach geworden wäre, dann hätte die schreckliche Situation doch schließlich ein Ende erreicht.«

»Dann bin ich noch mehr schuld, Tantchen. Denn ich bin aufgesprungen, um Wasser zu holen ... Um mich zu verteidigen, hat Wolf den Kosaken niedergeschlagen.«

»Mein Kind, das kam eins aus dem anderen. Die Hauptschuld trage ich, dass ich nicht nachgegeben und uns in Sicherheit gebracht habe.«

Christel war aufgestanden und hatte auf einen Knopf an der Wand gedrückt.

»Ich habe das Klingelzeichen gegeben, wie Wolf es anbefohlen hat ... Wenn er es hört, dann weiß er wenigstens, dass wir in Sicherheit sind ...«

Dann ging sie an den Tisch und entzündete die Spirituslampe, die für einen längeren Aufenthalt bereitstand.

»Soll ich dir ein Glas Wein geben, oder soll ich uns einen guten Kaffee kochen? Der wird uns beiden guttun.«

Während Christel einen Spirituskocher in Betrieb setzte, versank Frau Stutterheim in stilles Grübeln.

»Wo mag doch jetzt unser Kurt sein ... Kaum ist der eine Schuss verheilt, da muss er schon wieder in den Kampf.«

»Tantchen, er ist doch freiwillig gegangen ... Und weißt du, was ich meine: Die Wahrscheinlichkeit, dass er noch einmal verwundet wird, ist doch jetzt viel geringer.«

»Du liebes Kind, was du dir nicht alles ausdenkst, um mich zu trösten ... Wenn wir uns bloß nicht in solcher Ungewissheit um unseren Wolf zersorgen müssten.«

»Tantchen, jetzt weiß ich ganz bestimmt, dass er sich in Sicherheit gebracht hat.«

»Wie kannst du das sagen, Christelchen?«

»Wir haben doch keinen Schuss gehört! ... Ja, Tante, einen Schuss oder eine Salve hätten wir hier hören müssen.«

Auf Frau Stutterheims Gesicht erschien ein leiser Hoffnungsschimmer.

Währenddessen stellte Christel ihr einen Stuhl ans Bett und brachte den Kaffee, der angenehm duftete ... Dann holte sie eine Tüte mit Keks aus dem Vorratsschrank ...

»So, Tantchen, nun wollen wir trinken, und dann lese ich dir etwas vor ... Auch damit hat uns Wolf versorgt.«

»Ach, mein Kind, ich habe an meinen Gedanken genug.«

»Die Gedanken sollst du gerade vergessen ... Hier habe ich ein Buch, das du noch nicht kennst ... *Die Bernsteinhexe* ... Das soll eine sehr prächtige und spannende Geschichte sein.«

Christel begann zu lesen ... Aber von dem Buch huschten ihre Augen zur Tante hinüber und sahen, dass sie mit ihren Gedanken weit weg war ... Sie hielt inne.

»Sehr schön, mein Kind, sehr schön.«

»Aber, Tantchen, du hast doch an ganz was anderes gedacht.«

»Ja, mein Kind, ich habe daran denken müssen, wenn Wolf in den Wald entkommen ist, ob er nicht die Unvorsichtigkeit begehen wird, in der Nacht zurückzukommen.«

»Das halte ich auch für wahrscheinlich ... Aber du musst nicht so grübeln, und dir alles Mögliche ausdenken, was geschehen könnte. Wenn er kommt, ist er da. – Er ist da!« rief sie aufspringend, und drückte beide Hände an die Brust.

Dem ersten Schlag an die Tür folgte ein zweiter, ein dritter.

Wie der Blitz war Christel an der Tür und schob den Riegel zurück.

Mit heiterem Gesicht trat Wolf ein, stürzte zum Bett, kniete vor der Mutter nieder und barg den Kopf in ihrem Schoß. Eine Weile herrschte tiefe Stille in dem Raum ... Dann flüsterte die Mutter:

»Christel, unser Wolf ist da.«

»Ja«, rief er aufstehend, »und die Kosaken sind fort.«

»Ein Wunder nach dem anderen, mein Sohn.«

»Und das dritte Wunder: Graf Tolpiga hat mich gerettet ... Er kam gerade zur richtigen Zeit. Wenn er eine Viertelstunde später gekommen wäre ... Na ja ... Und du Christel, sagst gar nichts?«

»Was soll ich sagen, Wolf? ... Ich freue mich ... Ich freue mich sehr ... Ja, Wolf, wir waren sehr verzagt.«

»Mutter, wie bist du die Treppe heruntergekommen?«

»Huckepack, auf Christels Rücken. Bis zum Bett hat sie mich getragen.«

»Christel, wie sollen wir dir das vergelten, was du an meiner Mutter getan hast?«

Er streckte ihr beide Hände entgegen.

»Ach Wolf, mach' doch nicht so viel Geschichten davon … Du hast mehr für mich getan … Erzähl' lieber, wie es dir ergangen ist.«

»Das ist bald erzählt … Ich hatte mit dem Leutnant eine sehr energische Auseinandersetzung … Ich war in solcher Aufregung, dass ich ihn ganz heftig anblies. Ich wollte bloß Zeit gewinnen, damit ihr euch in Sicherheit bringen konntet … Und hatte nur die Besorgnis, dass Mutter dir unterwegs zusammenbrechen könnte … Als ich das Klingelzeichen hörte, war ich beruhigt und stellte dem Jüngling vor, dass er seinen Namen besudeln würde, wenn er mich dafür erschießen ließe, dass ich euch gegen den Kosaken verteidigt habe … Gerade als er mich festnehmen lassen wollte, kam Tolpiga dazu … Was man auch sonst gegen ihn haben mag … Er hat sich in diesem Fall wie ein Kavalier benommen … Den Jüngling mit seinen Kosaken hat er einfach fortgejagt … Dafür belegt er Dalkowen mit einem Zug Dragonern … Er liegt in Andreaswalde im Quartier … Deine Angehörigen, Christel, sind auch noch dort … Sie haben so lange getrödelt, bis sie von den russischen Dragonern überrascht wurden … Doch nun will ich mal nach oben gehen, die Dragoner zu begrüßen, die wohl schon da sein werden … Dann komme ich euch holen.«

Eine Stunde später öffnete er die Tür, die Christel nicht mehr verriegelt hatte.

»Jetzt könnt ihr heraufkommen, die Luft ist rein … Der Dragonerleutnant ist auf Patrouille geritten, und vor jeder Haustür steht ein Posten, der keinen hereinlässt.«

Frau Stutterheim war doch noch sehr angegriffen.

Sie konnte sich nur mit Hilfe der beiden Kinder erheben. Die Treppe hinauf trug sie ihr Sohn … Aber sie lehnte es ab, sich zu Bett zu legen … Sie wollte noch mit den Kindern Abendbrot essen und den Offizier begrüßen, wenn er bis dahin zurückgekehrt sein sollte.

20.

Die Russen hatten festgestellt, dass sich bis zum Spirding, der etwa anderthalb Meilen entfernt lag, keine deutschen Streitkräfte mehr befanden … Bialla war von ihnen besetzt … In Lyck lag ein ganzes Armeekorps mit dem Stab … Ebenso hatten sie die weiter nordöstlich gelegenen Städtchen des Grenzstrichs Marggrabowa, Goldap, Angerburg usw. bis nach Eydtkuhnen hinauf besetzt ... Bei Gumbinnen hatte ein starkes Gefecht stattgefunden, bei dem die Russen zurückgeworfen wurden, aber trotzdem hatten sich die deutschen Truppen dort zurückgezogen.

Die russischen Dragoneroffiziere erzählten alles, was sie wussten, in Andreaswalde. Nach ihrer Darstellung waren die Deutschen bei Gumbinnen zurückgeschlagen und zogen sich auf Königsberg zurück. Die Russen waren guten Muts und in fröhlicher Stimmung. Sie ritten abends öfter nach Bialla oder nach Lyck, und wenn sie nachts zurückkamen, konnte man an ihrem lauten Benehmen erkennen, dass sie sehr energisch gefeiert hatten.

Der Verkehr mit den Gutsbewohnern verlief still und friedlich ... Brinkmann brummte zwar, wenn er Tag für Tag Getreide und Fleisch liefern musste, aber er schickte sich in das Unvermeidliche. Er musste sogar dreschen lassen, und die Russen halfen ihm dabei. Was erdroschen wurde, ging sofort zu Wagen nach Russland, ohne dass er dafür eine Bescheinigung erhielt. Nur was für den Unterhalt der Truppen gebraucht wurde, bezahlte der Rittmeister mit Anweisungen auf die Intendantur, die sich in Lyck befand.

Die Damen des Hauses mussten regelmäßig zu den Mahlzeiten erscheinen. Der Graf hatte darum ›gebeten‹. Und als die Bitte nicht beachtet wurde, hatte er die Gutsherrin durch eine Ordonnanz rufen lassen und ihr unverblümt gesagt: er sei nicht gewohnt, zu bitten, wo er befehlen könne.

Das erste Zusammentreffen bei Tisch verlief natürlich sehr frostig. Grete trug fast ganz allein die Kosten der Unterhaltung. Sie fragte die Offiziere nach neuen Nachrichten vom Kriegsschauplatz und bezweifelte in sehr energischer Weise die Richtigkeit ihrer Mitteilungen.

Sie brachte es aber so drollig heraus, dass die Offiziere darüber lachten und sich mit ihr neckten. Sie wäre jetzt schon russische Untertanin und werde es bleiben.

Allmählich wurde das Verhältnis besser. Auch die Mutter und Hedwig beteiligten sich an der Unterhaltung, nur Hanna blieb ernst und schweigsam. Der Graf bemühte sich sehr deutlich, aber in durchaus feiner Weise um sie. Er versuchte sie ins Gespräch zu ziehen, und was er erzählte, schien nur an sie gerichtet zu sein.

Den Obstgarten hatte er durch einen Posten geschützt, und täglich sorgte er dafür, dass der Gärtner den Damen frisches Obst und Blumen brachte ...

Eines Abends, als man gerade bei Tisch saß, erschien Wolf in Andreaswalde ... Ein deutscher Flieger war über Dalkowen gekommen und hatte etwas abgeworfen, was die Russen für eine Bombe hielten.

Da sie aber nicht explodierte, war Wolf hinausgegangen und hatte nach langem Suchen ein zusammengeschnürtes Paket Zeitungen gefunden, die ihm sehr große Freude bereiteten, denn man war seit mehr als acht Tagen von der Außenwelt vollkommen abgeschnitten.

Die Zeitungen enthielten so gute Nachrichten, dass er es sich nicht versagen konnte, sie den russischen Offizieren zu bringen ... Natürlich haschte jeder nach einem Blatt. Mit triumphierender Stimme las Grete laut, was sie an Nachrichten fand: Brüssel war von unseren Truppen besetzt, die vierte, fünfte und sechste Armee hatten große Siege in Frankreich erfochten.

Die russischen Offiziere waren etwas betreten. Sie bezweifelten die Siegesnachrichten nicht, aber sie meinten, unser Vordringen in Frankreich würde bald durch ihre Übermacht wettgemacht werden.

Wolf erwiderte offen: Er erwarte das Gegenteil. Die russischen Heere hätten doch in Ostpreußen, von der Besetzung des schmalen Grenzstriches abgesehen, keine Erfolge erzielt.

»Wir haben jedenfalls noch nicht alle Truppen soweit herangezogen«, erwiderte ein Leutnant übermütig lachend. »Sie haben keine Ahnung von den gewaltigen Truppenmassen, die wir gegen Sie ins Feld führen ... Wie eine Walze werden wir Ihre Heere zermalmen ... Aber nicht hier. Wir brechen über Galizien durch nach Wien und über Posen nach Berlin. Da sind wir im Herzen Deutschlands ... Hier brauchen wir Ihre Truppen nur im Schach zu halten.«

Noch eine Stunde blieb man in angeregter Unterhaltung beisammen, bis Tolpiga aufstand und das Auto bestellte, um nach Lyck zu fahren ... Die Zeitungen steckte er ein, obwohl Wolf dagegen Einspruch erhob.

»Ihre Zeitungen verraten nichts«, meinte er lachend, »sie scheinen unter sehr strenger Zensur zu stehen.«

Am nächsten Tage war im Westen Kanonendonner zu hören, der sich wie das Grollen eines entfernten Gewitters anhörte ... Es wehte ein frischer Westwind, sonst hätte man wahrscheinlich nichts vernommen ... Auf jeden Fall musste die Schlacht mehrere Meilen entfernt sein. Auch nachts verstummte der Donner nicht ... Am anderen Tage wurde er noch stärker ... Man hatte den Eindruck, dass der Kampf an Heftigkeit zunahm. In dem dumpfen Grollen unterschied man ab und zu einige besonders starke Schläge. Ja, es schien, als ob der Kanonendonner näherkam.

Die russischen Dragoner hatten in der letzten Zeit ein sehr sorgloses Leben geführt. Die Pferde waren abgesattelt und standen in den Ställen. Die Mannschaften lagen zum Teil im Schnitterhaus, zum Teil auf der Scheunendiele.

Am Abend ordnete Tolpiga Alarmbereitschaft an ... Die Pferde wurden gesattelt und auf dem Hof angepflockt ... Die Dragoner hatten ihre Waffen angelegt ... Patrouillen wurden nach Westen ausgeschickt.

Die Offiziere schwiegen sich aus. Es konnte aber keinem Zweifel unterliegen, dass nach Westen zu, an der Grenze, etwa südlich von Ortelsburg, eine gewaltige Schlacht im Gange war.

Am nächsten Morgen ... auch die Nacht hindurch hatte es gebumst ... herrschte stilles, diesiges Wetter ... Der Kanonendonner schien jetzt mehr aus Südwesten zu kommen.

Ganz früh war Tolpiga auf den Hof gegangen ... Er musterte noch einmal die Gutspferde und nahm, was halbwegs brauchbar schien. Dann ritt er nach Dalkowen und ließ sich auch dort die Pferde vorführen.

Wolf stand mit finsterer Miene dabei.

»Bedaure sehr, Herr Stutterheim«, sagte Tolpiga höflich, »ich führe nur aus, was mir befohlen ist.«

»Aber eine Bescheinigung werden Sie mir doch geben?«

»Ich habe keine Anweisung dazu!«

»Na, dann wird die Rechnung bei Friedensschluss beglichen werden, Herr Graf.«

Am Nachmittag ließ der Leutnant, der in Dalkowen einquartiert war, alles Getreide, was noch vorhanden war, aufladen und wegschaffen. An Vieh war schon wenig vorhanden ... Jeden Tag schlachteten die Russen ein Schwein oder ein Rind oder ein paar Hammel ... Sie nahmen nur die besten Fleischstücke, das andere ließen sie liegen ... Das holten sich die Gutsleute, die auf diese Weise täglich frisches Fleisch im Überfluss hatten.

Am 30. August hatte Grete beim Mittag den Grafen auszufragen versucht, ob er nicht wüsste, wie die große, dreitägige Schlacht, deren Kanonendonner sie gehört hätten, ausgegangen wäre.

»Das kann ich Ihnen nicht sagen«, erwiderte Tolpiga ernst.

»Dann werde ich es Ihnen sagen, Herr Graf! Ihre Truppen haben fürchterliche Prügel bekommen.«

»Woher wissen Sie das, kleines Fräulein?«

»Das lese ich Ihnen vom Gesicht ab. Sie wissen ganz genau, was sich dort abgespielt hat. Und wenn's ein Sieg Ihrer Truppen wäre, hätten Sie ihn schon sehr energisch gefeiert.«

»Sie sind ja ganz gefährlich klug, Fräulein Gretchen.«

»Dazu gehört nicht viel Klugheit«, antwortete sie lachend. »Das fühlt doch ein Blinder mit dem Stock, dass Ihnen die Petersilie verhagelt ist … Und ich finde es nicht nett von Ihnen, dass Sie es uns nicht sagen wollen … Wir haben Ihnen doch alles mitgeteilt, was wir wussten … Wenn wir doch bald wieder eine Fliegerpost bekämen.«

Auch auf die Dragoner schien die Missstimmung ihrer Offiziere abzufärben. Sie benahmen sich nicht mehr so friedlich wie früher … Sie kamen in die Gutsküche und verlangten barsch, was sie brauchten … Die Posten vor dem Gutshause waren eingezogen worden … Zu den Mahlzeiten musste sich die Familie noch immer einfinden, aber man saß ziemlich schweigsam beieinander … Wie eine gereizte Stimmung lag es über der Tischgesellschaft.

Eines Tages, es war am 4. September, krachten bald nach Mittag vier, fünf Kanonenschüsse, die nicht sehr weit, etwa bei Bialla, gefallen sein konnten.

Fünf Minuten später saßen die Dragoner auf den Pferden und sprengten davon.

Die Gutsleute, Grete mitten unter ihnen, liefen auf die nächste Anhöhe, wo man die hoch auf einem Berge liegende Kirche von Drygallen sehen konnte. Man hörte nicht schießen, aber die Dragoner kamen auch nicht zurück.

Niemand wusste, wie das zu erklären war … War das blinder Lärm gewesen oder ein Signal, das die auf den Gutshöfen und Dörfern verteilten Truppen zusammenrief? Dann waren sicherlich irgendwo deutsche Truppen im Anmarsch.

Grete gab den Leuten ihre Meinung zum Besten, dass die Russen nach Westen zu eine große Schlacht verloren hätten und nun vor unseren Truppen zurückwichen ... Sie redete sich so in Eifer, dass sie zurücklief, um es der Mutter und den Schwestern als Nachricht mitzuteilen.

Der Vater nahm an nichts mehr Anteil ... Er stand manchmal auf, manchmal blieb er auch den ganzen Tag im Bett liegen ... Er aß wenig, obwohl man ihm seine Lieblingsspeisen zubereitete ... Frau Brettschneider war der Meinung, es sei ein melancholischer Zustand, eine Gemütskrankheit, gegen die sich nichts tun ließe.

Auch Wolf war draußen gewesen. Zu Fuß ... seinen Potrimpos hatten die Russen genommen und vor einen Wagen gespannt, der Getreide wegfuhr ... Auf dem Rückwege kehrte er in Andreaswalde ein ... Frau Brettschneider legte ihm die Frage vor, ob es nicht ratsam wäre, zu fliehen ... Er erwiderte, das wäre zu gefährlich. Der einzige Weg wäre doch nach Johannisburg zu, und da ständen aller Wahrscheinlichkeit nach noch die Russen.

»Womit sollen wir denn fliehen, Mutter«, rief Grete dazwischen. »Die fünf Gäule, die noch im Stall stehen, sind froh, dass sie das Leben haben. Zwei sind lahm, einer kann schon seit Jahren nicht mehr Trab gehen, und die beiden anderen gehören von Rechts wegen eigentlich schon dem Schinder.«

»Na, dann müssen wir schon durchhalten«, meinte Frau Brettschneider resigniert. »Wenn wir bloß jetzt nicht noch Kosaken als Einquartierung bekommen. Die fehlen uns gerade noch.«

»Das wollen wir nicht hoffen, Tante, ich habe von dem Gesindel gerade genug ... Ich hoffe aber stark, dass die Russen westlich von uns eine Niederlage erlitten haben, und sich infolgedessen zurückziehen.«

»Siehst du, Wolf, das ist auch meine Meinung«, rief Grete erfreut aus. »Die Kanonenschüsse waren bloß ein Signal. Konntest du nicht aus deinem Fuchs nach Bialla zureiten und rekognoszieren?«

»Nein, das kann ich beim besten Willen nicht, Gretchen, mein Potrimpos ist leider schon auf dem Wege nach Russland, und wenn ich ihn auch hätte, würde ich mich sehr dafür bedanken, den Russen ohne Grund nahe zu kommen ... Ich denke, wir tun am besten, ruhig abzuwarten, was das Schicksal über uns verhängen wird.«

21.

Die Mutter war hinaufgegangen. Grete hatte Wolf über den Hof das Geleit gegeben. Jetzt kam sie zurück und trat in das Wohnzimmer ... Es begann bereits zu schummern. Unschlüssig stand sie eine Weile vor der Tür zu den Gesellschaftszimmern.

»Ach was«, sagte sie laut, wie um sich selbst Mut zu machen, »es ist ja keiner von den Offizieren da ... Ich muss doch mal sehen, wie sie da gehaust haben.«

Vorsichtig drückte sie die Tür auf und steckte den Kopf durch das Zimmer. Es war leer ... Nun ging sie hinein und sah sich kopfschüttelnd um. Und das Kopfschütteln war begreiflich. Da lagen auf den Stühlen achtlos hingeworfene Kleidungsstücke ... Auf dem Tische lagen Zigarren, Zigaretten, Handschuhe, Mützen, Kamm und Bürste und ein Revolver friedlich beieinander.

Das Zimmer schien schon tagelang nicht ausgefegt zu sein. Überall auf den Fensterbrettern und Möbeln, von denen die Russen die Überzüge entfernt hatten, lag fingerdicker Staub.

Durch die offene Tür ging sie ins Nebenzimmer, wo das Klavier offen stand ... Eine Taste war niedergedrückt und stehen geblieben. Sie schob sie nach oben und griff einen Akkord. Dabei wandelte sie die Lust an, einen Tanz zu spielen ... Obwohl ihre Kunst nicht groß und auch nur mühsam erworben war.

»Kinder«, sagte Frau Brettschneider oben, als die Töne erklangen, »die Russen scheinen wieder zurückgekehrt zu sein.«

»Ach wo«, erwiderte Hanna, »das kann nur Grete sein, die da spielt.«

»Das Mädel kommt uns ganz aus Rand und Band. Nun geht sie schon in die Russenzimmer.«

»Es ist doch keiner zu Hause.«

»Ich glaube, du möchtest am liebsten auch hinuntergehen und spielen.«

»Ja, Mutter«, erwiderte Hanna. »Ich fühle eine förmliche Sehnsucht nach dem Klavier ... Es ist doch auch gar keine Gefahr dabei ... Wenn die Russen zurückkommen, hören wir es doch.«

Sie stand auf und ging hinunter ... Als sich die Tür zu den Gesellschaftszimmern öffnete, erschrak Grete ganz gewaltig ... Ohne sich umzusehen, sprang sie auf, lief durch das dritte Zimmer und kletterte aus dem Fenster in den Garten.

Hanna ging langsam zum Klavier ... Versonnen legte sie die Hände in den Schoß ... Was hatten die letzten Tage sie an inneren Kämpfen gekostet ... Ihr Stolz, ihre Einsicht hatten sich gegen ihr Herz wehren müssen. Ja, sie liebte den Grafen, der in der Uniform wie ein ritterlicher Held aussah. Und weshalb sollte sie ihn nicht lieben dürfen? Ihr Herz verstand es nur zu gut, ihn zu entschuldigen ... Er hatte ihr nichts vorgelogen. Nur in einem Punkt hatte er nicht ganz die Wahrheit gesagt, weil er es nicht konnte, ohne sich in Gefahr zu bringen ...

Sicherlich war er nicht aus freien Stücken nach Deutschland gekommen, um zu spionieren, sondern auf Befehl seiner Vorgesetzten ... Jetzt stand er ihrem Vaterland als Feind gegenüber ... Als ein Feind, den man verachten musste. Aber machte er nicht davon eine Ausnahme? War er nicht ritterlich und edelmütig? Und wenn der Krieg zu Ende war und alles wieder ins alte Geleise kam? ...

Dass er sie liebte, daran konnte sie doch nicht zweifeln ... Seine beredten, feurigen Blicke, die sie oft genug nicht hatte vermeiden können, hatten es ihr doch zu deutlich gesagt.

Sie hob die Hände und schlug einen Akkord an ... Was wollte sie spielen? Etwas Träumerisches, Weiches, das hatte er immer so gern gehört ... Sie schloss die Augen, während sie spielte. Ihr war's, als wenn er ihr wieder wie sonst gegenüberstand, an den Türpfosten gelehnt, wo ihr Blick, wenn er sich hob, dem seinen begegnen musste.

Das Stück war zu Ende ... Langsam legte sie die Hände in den Schoß und sah auf.

Ein Zittern lief durch ihre Gestalt ... Täuschten sie ihre Sinne? Oder stand er da wirklich? ...

Sie erhob sich mit einem leisen Schrei ... Das Herz pochte ihr zum Zerspringen.

Jetzt sagte er leise:

»Ich danke Ihnen! Gnädiges Fräulein haben also noch nicht vergessen, was ich gern höre.«

Er trat auf sie zu, ergriff ihre Hand und führte sie an die Lippen. Dabei strömte ihr ein widerlicher Geruch entgegen von Schnaps und Bier und Zigarrendunst ... Schaudernd entzog sie ihm ihre Hand und trat einen Schritt zurück ... Sie fühlte es, sie hörte es an seinem hässlichen Lachen, dass er nicht ganz nüchtern war.

»Oh, gnädiges Fräulein, sind Sie grausam gegen mich ... Oder flöße ich Ihnen als Feind Ihres Vaterlandes so großen Abscheu ein?«

»Nein, nicht im Geringsten, Herr Graf ... Sie gestatten, dass ich mich zurückziehe ... Wir sehen uns wohl beim Abendessen wieder?«

Sie nahm all ihren Mut zusammen und begann rückwärts vor ihm nach der Tür zu gehen.

»Sie wollen mir schon das Glück rauben, Sie einige Minuten allein zu sprechen? Bitte bleiben Sie! Ich bitte dringend«, rief er mit gehobener Stimme, in der schon etwas Drohendes lag. »Ich will die Gelegenheit benutzen, Ihnen zu beteuern, dass ich nie aufgehört habe, an Sie zu denken, und mir ein Glück auszumalen, das der Krieg nicht zerstören, nur unterbrechen kann.«

»Ich verstehe Sie nicht, Herr Graf.«

»Dann muss ich mich noch deutlicher aussprechen, gnädiges Fräulein ... Ich verehre Sie, ich liebe Sie.«

»Herr Graf!«

»Wollen Sie mich nicht anhören, wollen Sie mir keine Antwort geben?«

»Sie haben ja keine Antwort von mir verlangt!«

»Nun denn, dann verlange ich sie ... Wir werden bald hier fortziehen, es stehen große Kämpfe bevor ... Wenn ich falle, werde ich sterben mit Ihrem Namen auf den Lippen ... Aber nicht ohne die Gewissheit, dass ich Ihre Liebe besitze.«

Er war in zwei Schritten bei ihr und griff nach ihrer Hand.

»Herr Graf, ich bitte Sie nochmals, lassen Sie mich gehen!«

»Nicht ohne Ihre Antwort ... Nicht ohne ein Zeichen Ihrer Liebe! Hanna«, rief er in ausbrechender Leidenschaft aus, »weshalb verweigern Sie mir, was mir Ihr Herz geben will?!«

»Mein Herz, Herr Graf? Mein Herz will Ihnen gar nichts geben.«

»Dann werde ich mir nehmen, was mir gehört, ... mit dem Recht des Siegers.«

Mit ausgebreiteten Armen trat er auf sie zu und wollte sie umfassen ... Sie stieß seine Hand zurück und sprang nach der Tür, aber er war schneller als sie ... Mit ein paar Sätzen schnitt er ihr den Weg zur Tür ab ... Sie hörte ihn laut atmen ... Sein Gesicht war rot. Schnell trat sie hinter den Tisch.

»Herr Graf, ich bitte Sie, geben Sie mir den Weg frei!«

»Oh nein, mein Täubchen ... Widerspenstige muss man zähmen ... Gespielt haben Sie mit mir, wie Sie mit allen Männern gespielt haben! Nur ich lasse mir das nicht gefallen.«

Er griff über den Tisch hinüber, um sie zu fassen.

Da fiel ihr Blick auf den Revolver, der auf dem Tisch lag ... Sie griff blitzschnell zu und erhob ihn drohend.

»Das ist kein Spielzeug«, lachte er brutal, »das muss ich Ihnen wegnehmen.«

Während er die Hand nach der Waffe ausstreckte, schloss sie die Augen und drückte ab ... Der Schuss krachte.

»Ah, verdammt«, stieß er aus, und griff mit der Hand nach seinem linken Arm ... Er war plötzlich ganz nüchtern geworden ... Mit ganz veränderter Stimme sagte er leise:

»Gehen Sie fort, gehen Sie schnell fort, Fräulein Hanna, dort hinaus, nicht hier!«

Langsam ließ Hanna die Hand sinken und die Waffe fallen ... Wie im Traum ging sie rückwärts aus dem Zimmer am Klavier vorbei ... Jetzt erst packte sie die Angst, eine sinnlose Angst ... Wie ein gehetztes Reh lief sie durch das dritte Zimmer, das in das Gartenzimmer führte, riss die Tür auf und stürmte davon in den Garten.

»Was ist da los?« rief Grete, die oben bei einem Buch saß, als der Schuss fiel. »Da hat die Hanna womöglich mit dem Revolver gepatscht, der auf dem Tisch lag.«

Wie ein Wirbelwind stürmte sie die Treppe hinunter durch das Wohnzimmer in den sogenannten kleinen Saal ... Es war schon so dunkel geworden, dass sie den Soldaten, der auf dem Stuhl am Tisch saß, nicht gleich erkennen konnte ... Einen Augenblick zögerte sie, dann trat sie mutig näher:

»Ah, Herr Graf! Wo ist Hanna?«

»Ihr Fräulein Schwester ist nicht hier!«

»Was ist Ihnen, sie halten sich ja so den Arm? ... Kann ich Ihnen helfen? ... Wer hat Sie geschossen?«

»Kind, fragen Sie jetzt nicht so viel. Ich bin am Arm verletzt.«

»Soll ich Ihnen Wasser holen?«

»Nein, danke ... Ich glaube, da kommen schon meine Dragoner ... Wollen Sie mir eine Ordonnanz hereinrufen?«

Grete lief hinaus und fasste den ersten besten Soldaten, der eben abgestiegen war, am Arm.

»Du sollst zum Rittmeister ins Zimmer kommen.«

Dann ging sie ins Haus und nach oben ... Verwundert sah sie sich im Zimmer um.

»Wo ist Hanna?«

»Das möchten wir dich fragen«, erwiderte die Mutter aufspringend. »War sie nicht unten? Sie muss unten gewesen sein, denn wir haben sie doch spielen gehört ... Und nachher fiel der Schuss ...«

»Denkt euch, Tolpiga ist verwundet, am linken Arm.«

»Um Gottes willen!« rief die Mutter, »da ist etwas nicht in Ordnung ... Wo kann nur die Hanna geblieben sein?«

»Mutter, ich glaube zu wissen, was dort unten vorgegangen ist«, sagte Grete ganz ernst ... »Der Graf ist allein nach Hause gekommen und hat die Hanna am Klavier getroffen.«

»Ach, schwatz' doch nicht dummes Zeug. Die Hanna hatte doch lange aufgehört zu spielen, als die Russen ankamen.«

»Ja, aber der Graf ist vorher allein gekommen ... Ich gehe runter und frage ihn.«

Ohne eine Antwort abzuwarten, stieg sie die Treppe hinunter ... Durch die offene Tür sah sie, dass der Graf von einem Unteroffizier am Arm verbunden wurde.

Sie trat auf die Schwelle.

»Herr Graf, die Mutter lässt Sie bitten, uns zu sagen, wo Hanna geblieben ist!«

»Ist sie nicht bei Ihnen?«

»Nein, Herr Graf, wir ängstigen uns deswegen.«

»Sie wird in den Garten gegangen sein, Luft schöpfen ... Gehen Sie mal 'raus, Fräulein Gretchen, und rufen Sie ... Ich möchte es aber auch wissen, wenn Sie Ihre Schwester gefunden haben.«

Grete lief durch den Garten ... Sie lief bis in den Park und rief Hannas Namen ... Sie blieb stehen und rief so laut sie konnte:

»Hanna, du sollst zurückkommen, hat der Graf gesagt.«

Weinend kam sie zurück.

»Sie ist nicht im Garten, oder sie hat sich versteckt und gibt keine Antwort.«

Tolpiga zog gerade seine Uniform an ... Jetzt kam auch die Mutter die Treppe herunter.

»Herr Graf, was ist vorgefallen? Wo ist meine Tochter? Wissen Sie nicht, wo meine Tochter ist?«

»Nein, gnädige Frau, Ihr Fräulein Tochter hat mich aus Unachtsamkeit am Arm verletzt ... Eine unbedeutende Hautwunde ... Im ersten Schreck ist sie fortgegangen ... Ich vermute in den Garten.«

Hochaufgerichtet musterte ihn Frau Brettschneider mit einem verächtlichen Blick.

»Ich glaube zu wissen, was hier vorgefallen ist ... Sie sind gegen meine Tochter ungezogen geworden, und sie hat sich wehren müssen ... schade, dass der Schuss nicht besser getroffen hat!«

»Gnädige Frau, ich will zugeben, dass ich mich in dem Irrtum befunden habe, von Ihrem Fräulein Tochter geliebt zu werden ... Und ich hatte ein Recht, es anzunehmen.«

»Das ist eine Ausrede, die Ihr Betragen noch viel verächtlicher erscheinen lässt. Sie haben ein schutzloses Mädchen beleidigt, dessen Zuneigung Sie zu besitzen glaubten.«

»Ich bin wohl etwas zu stürmisch gewesen, aber ...«

»Die beste Antwort ist doch die Tatsache, dass meine Tochter sich gegen Sie hat verteidigen müssen ... Ich mache Sie für die Folgen verantwortlich ...«

Wie zu sich selbst sprechend, fügte sie hinzu:

»Ich fürchte, dass Hanna sich das Lebens genommen hat.«

22.

Wie ein Wilder war Tolpiga hinausgestürmt. Er schrie einige Befehle über den Hof ... Dann lief er mit den Dragonern, die um das Haus herum in den Garten eilten ... Wie eine Schützenkette gingen die Soldaten durch den Park und den Garten ... Kein Strauch, kein Gebüsch blieb ununtersucht. Man hörte Tolpiga rufen:

»Gnädiges Fräulein, Ihre Frau Mutter ängstigt sich um Sie, geben Sie doch Antwort, wenn Sie mich hören.«

Eine halbe Stunde später sahen die Damen aus ihren Fenstern ihn mit Soldaten, die lange Stangen und Laternen trugen, wieder in den Park gehen.

Grete, die sich mitten unter den Russen befand, brachte die Nachricht, dass die Dragoner den Teich abgesucht hätten ... Bis an die

Brust waren sie Mann bei Mann ins Wasser hineingegangen, und die kleine, tiefe Stelle am Überfall hätten sie mit den Stangen so genau durchsucht, dass sie eine ertrunkene Maus hätten finden müssen.

»Nein, Mutter, ängstige dich nicht. Hanna wird doch nicht solche Dummheiten machen ... Die sitzt jetzt wahrscheinlich vergnügt in Dalkowen bei Tante Mathilde und Christel.«

Nach einer. Weile stand sie auf.

»Ich werde Brinkmann nach Dalkowen 'rüberschicken, damit er uns Nachricht bringt.«

Der alte Inspektor saß vor dem Schreibtisch, um alles sorgfältig einzutragen, was er den Russen am Tage hatte liefern müssen, oder was sie ohne zu fragen genommen hatten, als Grete bei ihm eintrat ... Sie stellte sich neben ihn und legte ihm den Arm um die Schulter:

»Ohm Brinkmann, weißt du schon, dass Hanna verschwunden ist?«

»Ja, ich habe es schon gehört, Gretchen.«

»Weißt du, was ich meine? Sie ist nach Dalkowen gelaufen ... Das ist doch die einzige Möglichkeit. Möchtest du nicht 'rübergehen und nachfragen?«

»Ja, das kann ich, das werde ich gleich tun.«

Seine alte Hühnerhündin Diana stand auf, als er die Mütze aufsetzte.

»Ohm Brinkmann!« rief Grete. »Jetzt hab' ich's. Jetzt finden wir Hanna, wo sie sich auch verkrochen hat ... Die Diana wird sie suchen ... Wart' mal einen Augenblick am Wohnhaus auf mich.«

Als Brinkmann, mit einer Laterne ausgerüstet, am Hause erschien, stand Grete schon da. Sie hatte ein paar Hausschuhe von Hanna in der Hand und ließ die Hündin daran Witterung nehmen.

»So, nun komm ... Diana, du sollst die Hanna suchen.«

Schweifwedelnd sprang die Hündin voraus ... Ab und zu war die Fährte durch die vielen Tritte der Dragoner zerstört, aber immer wieder fand die Hündin sie heraus ... Langsam, sich öfter nach ihrem Herrn umsehend, ging die Hündin voraus. Durch den Park, den schmalen Wiesenweg entlang.

»Ohm Brinkmann, glaubst du nun, dass Hanna hier gegangen ist?«

»Ja, darüber kann gar kein Zweifel sein.«

»Na, dann geh' du weiter nach Dalkowen, ich lauf' zurück, um der Mutter und Hedwig die freudige Nachricht zu bringen.«

»Alles in Ordnung«, rief sie, ins Zimmer tretend. »Die Diana hat schon festgestellt, dass Hanna durch den Park nach Dalkowen weitergegangen ist.«

Sie lachte laut auf.

»Wie pflegt doch der Vater zu sagen? Der Mensch kann so dumm sein, wie er will, er muss sich bloß zu helfen wissen.«

Unter Tränen lächelnd, zog die Mutter den kleinen Kobold an sich und küsste sie.

»Ist das auch sicher?«

»Ganz sicher, Mutter. Die Hündin hat von Hannas Hausschuhen Witterung genommen, und wenn ich sie ihr wieder mal hinhielt, nieste sie und ging weiter ... Brinkmann wird in einer halben Stunde zurück sein und Nachricht bringen.« ...

Christel stand allein in der Küche am Herd, als die Tür sich leise öffnete ... Hanna trat ein. Mit angstvollen Augen, zum Umsinken erschöpft.

»Um Gottes willen, Schwester, was ist dir?«

»Frag' nicht, Christel ... Kannst du mich, ohne dass es einer merkt, in dein Zimmer führen, wo ich mich ausruhen und etwas erholen kann?«

»Gewiss, das kann ich ... Komm'.«

Sie führte Hanna auf der Nebentreppe zum ersten Stock empor.

Hanna sah sich ängstlich im Zimmer um.

»Bin ich hier auch sicher vor den Russen, wenn sie mich suchen kommen?«

»Weshalb hast du es nicht gleich gesagt? Komm', ich will es auf meine Kappe nehmen und dich in unser Versteck führen.«

Diesmal führte sie ihre Schwester von der Küche noch eine Treppe tiefer in den Wirtschaftskeller ... Den Schlüssel, der die Verbindungstür zu den anderen Kellerräumen abschloss, trug sie am Gürtel.

»So, hier bist du ganz sicher ... Hier findet dich kein Russe«, sagte sie zu Hanna, als sie Licht gemacht hatte.

»Du darfst es aber niemand sagen, dass ich hier bin«, bat Hanna, »weder Wolf noch Tante.«

»Was hast du denn so Schweres verbrochen, dass du dich vor den Russen verstecken musst?«

»Ich habe auf Tolpiga geschossen ... Frage mich nicht weiter.«

»Ich brauche dich nicht zu fragen, Schwester, ich kann mir alles denken ... Du hast mit dem Feuer gespielt und dir die Finger daran verbrannt ... Ich habe mit dir darüber nicht zu rechten.«

Sie ging zur Tür.

»Sobald ich etwas erfahre, bringe ich dir Nachricht.«

Wolf war noch einmal auf den Hof hinausgegangen ... Er war der Überzeugung, dass die Russen abgezogen waren. Das sagte er auch der Mutter, die allein im Wohnzimmer bei der Lampe saß.

»Dann müssten aber unsere Truppen schon in der Nähe sein ... Wenigstens eine Patrouille müsste doch hier durchkommen.«

»Da ist sie wohl schon«, rief Wolf und ging zur Tür, vor der eben ein Reiter anhielt und abstieg.

»Herr Graf!«, rief er dem Eintretenden entgegen.

»Ja, ich bin's ... Sie meinten wohl schon, wir sind abgezogen? Oh nein, Herr Stutterheim, soweit sind wir noch nicht. Es war bloß blinder Lärm in Bialla ...«

»Wo bleibt denn Ihr Leutnant mit seinem Zug?«

»Den habe ich in Andreaswalde behalten. Es ist nicht ausgeschlossen, dass in der Nacht ein Zusammenstoß mit Ihren Truppen erfolgt.«

Er sah sich im Zimmer um.

»Ich vermutete, Fräulein Hanna hier zu finden.«

»Da sind Sie im Irrtum, Herr Graf ... Soviel ich weiß, ist Fräulein Hanna gar nicht hier gewesen ... Oder weißt du etwas davon, Mutter?«

»Nein, Hanna ist nicht hier gewesen ... Vielleicht eine Ausrede, Herr Graf, um nicht am Essen teilzunehmen?«

»Nein, nein, gnädige Frau, das ist keine Ausrede ... Fräulein Hanna ist gegen Abend in den Park gegangen und nicht wiedergekehrt ... Sie kann nur hier in Dalkowen sein.«

»Davon würde ich unter allen Umständen etwas wissen ... Wir haben auch keinen Grund, es Ihnen zu verheimlichen«, erwiderte Frau Stutterheim und erhob sich. »Vielleicht ist ihr etwas zugestoßen? Oder sie hat sich erschreckt und ist ohnmächtig geworden.«

»Nein, gnädige Frau, ich habe schon mit meinen Leuten den ganzen Park von Andreaswalde abgesucht.«

»Dann müssen wir auch unsern Park absuchen.«

Sie nickte Wolf zu, der schon eine Mütze geholt hatte.

Tolpiga verabschiedete sich und ging mit hinaus ... Vergeblich wurde der Dalkower Park von den Gutsleuten mit Laternen abgesucht

... Dann schwang sich Tolpiga auf sein Pferd und ritt mit kurzem Dank davon ...

Beim Abendessen herrschte in Dalkowen eine merkwürdig gedrückte Stimmung. Wolf war mit der Mutter übereingekommen, Christel von Hannas Verschwinden nichts zu sagen, um sie nicht unnötig zu beunruhigen.

Aber auch Christel war merkwürdig schweigsam, so dass Wolf auf die Vermutung kam, sie wüsste es schon.

Gleich nach dem Essen sagte Christel Gute Nacht.

Sie wollte bloß noch in der Küche für morgen herausgeben und sich dann hinlegen. Sie habe etwas Kopfschmerzen ... Sie kam eben aus der Speisekammer, als Brinkmann den Kopf zur Küchentür hereinsteckte.

»Ach Christel, es ist gut, dass ich dich allein treffe. Ist vielleicht Fräulein Hanna hier?«

»Ja, sie ist hier und in Sicherheit.«

»Na, Gott sei Dank! Nun wird uns allen ein Stein vom Herzen fallen ...«

»Sagen Sie es der Mutter, aber sprechen Sie zu keinem anderen darüber.«

»Wenn ich nicht soll, denn nicht. Also gute Nacht, Christel, ich muss schnell zurück.«

Eine Weile stand Christel unschlüssig vor der Kellertür und überlegte. Sollte sie jetzt noch zu Hanna hinuntergehen? Entweder schlief sie schon und hatte alle Sorgen und allen Kummer vergessen, dann war es unrecht, sie zu wecken. Und wenn sie nicht schlief, würde sie erzählen und sich aufregen. Dazu war auch noch morgen Zeit ... Sie drehte sich um und ging die Nebentreppen zu ihrem Zimmer hinauf. Wolf hatte noch ein paar Stunden bei seiner Mutter gesessen und alles Mögliche mit ihr besprochen.

Über die Verluste in der Wirtschaft. Über den bevorstehenden Abzug der Russen, den er als ganz sicher annahm. Dann würde man durch die deutschen Truppen doch wieder Nachrichten von dem Kriege bekommen ... Es war, als wollte er sich selbst von dem Gedanken an Hanna ablenken. Aber dann gab er sich einen Ruck und sagte ganz unvermittelt:

»Was denkst du von Hannas Verschwinden?«

»Ich glaube noch nicht recht daran, mein Junge. Ich vermute, das ist ein Racheakt gegen Tolpiga, der allem Anschein nach gelungen ist. Denn der Herr Graf schien ja sehr besorgt und bekümmert zu sein ... Hanna wird wahrscheinlich ganz vergnügt in ihrem Bett liegen.«

Wolf schüttelte den Kopf und stand auf, um im Zimmer auf und ab zu gehen. Es war, als wenn ihn eine innere Unruhe trieb.

»Du kannst Recht haben, Mutter. Ich meine, sonst wäre Tante Adele wohl selbst gekommen oder hätte Brinkmann hergeschickt. Aber andererseits kann ich mir nicht denken, dass ihre Mutter sich zu einer solchen Komödie hergeben wird.«

Frau Stutterheim lächelte.

»Weißt du, was ich meine? Das wird ein Spitzbubenstreich der Grete gegen Tolpiga sein. Die kriegt so was fertig!«

»Nein, Mutter, da steckt mehr dahinter ... Ich habe die Angst, dass sich zwischen Tolpiga und Hanna etwas abgespielt hat ... Er hat uns etwas verschwiegen ... Ich habe es ihm wohl angemerkt ... Er war aufgeregt und nahm so plötzlich Abschied, als scheute er sich vor einer Frage.«

Frau Stutterheim sah ab und zu auf. In ihrem Blick lag die ehrliche Sorge eines treuen Mutterherzens ... Endlich sagte sie leise:

»Mein armer Junge, hast du noch immer keine Ruhe gefunden? Ich dachte, du hättest es schon überwunden ... Hat dir dein Stolz nicht dabei geholfen?«

Wolf blieb vor ihr stehen.

»Ja, Mutter, aber die Wunde schmerzt noch immer ... Sie war vielleicht schon etwas vernarbt, aber noch nicht ganz. Wenn ich denken muss, dass Hanna ... Mutter«, unterbrach er sich. »Sie wird sich doch nichts angetan haben?«

»Aber mein Junge, plag' dich doch nicht mit solchen Gedanken! Dazu halte ich die Hanna nicht für fähig.«

»Schätzt du sie wirklich so hoch ein?«

»Nein, mein Sohn, ich meinte das Gegenteil ... Ich traue ihr solch einen Entschluss nicht zu.«

»Aber wenn ...«

»Nein, mein Sohn, von dem Thema habe ich wirklich für heute genug ... hol' die Karten, wir wollen noch eine Zankpatience miteinander legen, und wehe dir, wenn du nicht aufpasst.«

23.

Wolf hatte die Mutter bis an ihr Schlafzimmer geleitet, eine Runde durch die Ställe gemacht und nachgesehen, dass die Türen alle verschlossen waren. Dann holte er sich aus der Küche einen Eimer Wasser, um ihn in das Kellerversteck zu tragen. Es war doch nicht ausgeschlossen, dass die Russen, und womöglich Kosaken, wiederkamen, vor denen sich die Frauen in Sicherheit bringen mussten ... Er drückte an den Verschluss und stieß die Tür auf. Heller Lichtschein strahlte ihm entgegen ... Am Tisch saß eine weibliche Person, zum Teil von der Lampe verdeckt. Die Arme auf dem Tisch verschränkt und den Kopf darauf gelegt. Das konnte doch nur Christel sein.

»Christel«, rief er halblaut, »was ist mit dir los, was tust du hier?«

Mit einem Schrei fuhr die Gestalt vom Stuhl empor ... Es war Hanna ... Sie war eingenickt gewesen. Mit wirren Augen sah sie sich im Raum um, dann blieb ihr Auge auf Wolf haften. Eine heiße Röte stieg in ihrem Gesicht empor.

»Verzeih', Wolf, Christel hat mich hier hereingeführt.«

»Das ist doch selbstverständlich, wenn du bei uns Schutz suchst ... Ich will dich nicht weiter stören ... Nur eine Frage: Wissen deine Eltern schon, dass du hier in Sicherheit bist?«

»Christel wird ihnen doch irgendwie schon Nachricht gegeben haben.«

»Na, denn gute Nacht, Hanna.«

»Nein, Wolf, bleib'«, erwiderte sie leise, »ich muss es dir sagen.«

»Nein, Hanna, lass' mich fragen. Ich will nur eins wissen: Hat Tolpiga dich beleidigt?«

»Ja, Wolf ... Wir glaubten, dass die Russen nicht mehr wiederkommen. Da ging ich gegen Abend runter und setzte mich ans Klavier ... Plötzlich steht Tolpiga vor mir ... Er war entschieden betrunken, denn er roch nach Schnaps und Bier. Er wurde zudringlich und verlangte, ich solle ihm sagen, dass ich ihn liebe ... Er will mich umarmen, ich stoße ihn zurück und laufe fort ... Er verstellt mir den Weg, ich flüchte mich hinter den Tisch, sehe den Revolver liegen und drücke auf ihn los, als er mich packen will.«

Die Erinnerung regte sie so auf, dass sie die Hände vors Gesicht legte und schluchzte.

Wolf schloss die Tür und kreuzte die Arme über der Brust ... Nach einer Weile sagte er mit weicher Stimme:

»Hanna, du brauchst dir doch keine Schuld beizumessen, du kannst doch nichts dafür, dass ein Schuft dich in der Betrunkenheit beleidigt.«

Hanna hob den Kopf und sah ihn mit tränenden Augen an.

»Nein, Wolf, ich will mich nicht besser machen, als ich bin. Er hat annehmen können, dass ich ihn liebe ... An deinem Geburtstag traf er mich abends im Park, da habe ich ihm stillschweigend die Erlaubnis gegeben, bei den Eltern um mich zu werben, Ach Wolf, ich habe schwer gelitten, als er jetzt wiederkam. Ich konnte ihn doch nicht mehr achten ... Unter einem klug ausgedachten Märchen hat er sich in unser Haus eingeschlichen ... Er hat mich belogen ... Und ich bin ja so schwach ... Ich konnte ja meinem Herzen nicht Stillschweigen gebieten ... Wenn wir am Tage zusammentrafen, war ich kalt und abweisend zu ihm, und nachts habe ich mein Kopfkissen zerbissen.«

»Hanna, das sagst du mir?«

»Ja, Wolf, das muss ich dir sagen ... Damit du von deiner törichten Neigung zu mir geheilt wirst ... Siehst du denn nicht, dass Christel vor Liebe zu dir vergeht?«

»Hanna, hast du denn deinem Herzen gebieten können? Du wirst überwinden und wirst vergessen. Und nach Jahr und Tag ...«

Angstvoll streckte Hanna die Hand nach ihm aus.

»Sprich nicht weiter, Wolf. Ich bitte dich, sprich nicht ein Wort aus, das dich innerlich binden könnte ... Nein, Wolf. Und wenn ich mich in glühender Liebe zu dir noch einmal verzehren sollte, ich würde mich dir doch versagen müssen ... Ich bin für dich tot ... Sieh mich nicht so mitleidig an, das vertrage ich nicht. Das verdiene ich nicht.«

Sie war so maßlos erregt, dass sie sich in den Stuhl warf und laut aufschrie ... Wolf musste an sich halten, um nicht zuzuspringen und sie in seine Arme zu nehmen ... Ein Bild des Jammers. Das schöne, stolze Mädchen, das von dem Bewusstsein einer Schuld zerbrochen war.

»Hanna«, sagte er leise. »Beruhige dich, deine Nerven sind überreizt. Du hast nur Ruhe nötig, um wieder ins Gleichgewicht zu kommen ... Morgen früh schicke ich Christel zu dir.«

Noch einen langen Blick warf er auf die Gestalt, die von einem heftigen Schluchzen erschüttert wurde.

Nicht eine Minute hätte er es länger ausgehalten ... Das Herz tat ihm weh ... Wie einen körperlichen Schmerz empfand er es in der Brust.

»Gute Nacht, Hanna. Lege dich hin und versuch' zu schlafen.«

... Eine Stunde oder noch länger, ging er ruhelos in seinem Zimmer auf und ab. Er sah nach der Uhr: Bald eins ... Es war Zeit, dass er noch erledigte, was für den Fall, dass er von seinem Gang nach Andreaswalde nicht zurückkehrte, anzuordnen war.

Vor allem ein Abschiedswort ans seine Mutter ... Er setzte sich an seinen Schreibtisch und begann zu schreiben.

Er fühle sich verpflichtet, den Schurken, der ein deutsches Mädchen zu beleidigen gewagt habe, zur Rechenschaft zu ziehen ... Und dann strömte seine Liebe zur Mutter, die den beiden früh verwaisten Knaben den Vater ersetzt und sie zu tüchtigen Männern erzogen hatte, in heißen Worten aus ... Als er den Brief geschlossen und mit der Aufschrift versehen hatte, warf er sich aufs Sofa ... Er überlegte nicht, ob er es tun sollte, sondern wie er es am besten ausführen konnte.

Eine Genugtuung mit der Waffe würde ihm der Russe nicht geben. Deshalb musste er ihn in Gegenwart seiner Offiziere mit der Reitpeitsche züchtigen und ihm ins Gesicht schreien, dass er ein Schurke wäre, ein feiger Lump, der sich an einem wehrlosen Mädchen zu vergreifen versucht hatte.

Eine Stunde später stand er wieder auf, zündete sich Licht an und setzte sich nochmals an den Schreibtisch ... Er wollte an den Brief für seine Mutter noch die Bitte anfügen, dass sie Christel als ihre Tochter betrachten möchte ... Und Christel musste er noch die schmerzliche Freude bereiten, dass sie an ihn als ihren Verlobten denken könnte.

Während er schrieb, kam ihm die Klarheit. Ein Leben an Hannas Seite, nein, das konnte er sich nicht mehr vorstellen ... Das Mädchen, das ihm als Lebensgefährtin vorschwebte, trug die treuen, ehrlichen Züge der Hausgenossin, die ihm durch ihr stilles, selbstloses Wesen ans Herz gewachsen war ... Jetzt, wo er sich darüber klar wurde, dass der Gang nach Andreaswalde den Abschluss mit dem Leben bedeutete, empfand er es zum ersten Mal deutlich, dass die stürmische, heiße Leidenschaft zu Hanna in ihm gestorben war ... Mit schlichten Worten schrieb er alles nieder, was sein Herz in diesen schweren Stunden bewegte ... Ein tiefes Glücksgefühl kam über ihn, eine heitere Ruhe ...

Er warf sich wieder aufs Sofa und schlief mit einem Lächeln ein. Zur gewohnten Stunde erwachte er. Er stand auf und suchte unter den vielen Reitpeitschen, die er besaß, die wuchtigste aus ... Dann ging er in den Stall, um sich den alten Groneberg zu satteln. Nicht etwa, um einen Fluchtversuch zu machen, wenn er Tolpiga gezüchtigt hatte, sondern weil es zu dem Schlag, den er zu führen gedachte, von Vorteil sein konnte, wenn er zu Pferde saß.

Gleich hinter dem Gut auf der Anhöhe stand ein Posten, der ihn schweigend passieren ließ, weil er den Besitzer von Dalkowen kannte ... Der östliche Himmel strahlte bereits in flammender Farbenpracht ... In den Talsenken stand ein leichter Nebel, der von dem leisen Hauch des Morgenwindes in lange Streifen ausgezogen wurde, ehe er zerflatterte. Überall an Gras und Strauch hingen die glitzernden Tautröpfchen.

Eine eiserne Ruhe war über Wolf gekommen.

Langsam ritt er weiter bis auf den Hof von Andreaswalde ... Die Dragoner standen bei ihren Pferden.

Als alter Soldat sah er, dass die Schwadron zum Abmarsch bereit war ... Vor dem Gutshause standen einige Dragoner mit den Offizierpferden. Sie mussten also jeden Augenblick aus dem Hause kommen ...

Langsam drückte er Groneberg mit den Schenkeln bis dicht an die linke Seite von Tolpigas Rappen ... Jetzt trat der Graf aus der Tür.

»Ah, guten Morgen, Herr Stutterheim. Sie bringen wohl Nachricht von Fräulein Hanna?«

»Ja«, rief Wolf mit lauter Stimme, so dass es auch die Offiziere hören mussten, die noch im Zimmer standen. »Jetzt weiß ich auch, dass Sie ein Schurke, ein feiger Lump sind.«

Blitzschnell hob er die Peitsche zum Schlag. Aber die Bewegung hatte den Rappen erschreckt. Er machte. einen Satz nach vorn. Wuchtig traf ihn die schwere Peitsche auf den Kopf ... Er stieß den Dragoner um, der ihn am Zügel hielt, und raste davon.

Tolpiga war bleich geworden. Ehe er noch ein Wort sagen konnte, hatten fünf, sechs Dragoner Wolf umringt und vom Pferd gerissen. Mit einem Strick wurden ihm die Handgelenke zusammengeschnürt ... Tolpiga schien sich gar nicht um ihn zu kümmern ... Er bestieg seinen Rappen, den die Soldaten eingefangen hatten, ließ die Schwadron aufsitzen und führte sie vom Hofe. Auf der Chaussee kommandierte er: »Trab!« Zwischen zwei Dragonern, die die Enden des Stricks am Sattel befestigt hatten, musste Wolf mitlaufen ... Er biss die Zähne zusammen und lief. Erst dicht vor Bialla ließ der Graf die Schwadron in Schritt fallen ... Wolfs Brust keuchte. Seine Stirn war mit Schweiß bedeckt, aber er hatte die halbe Meile, ohne schwach zu werden, durchgehalten.

Auf dem Marktplatz in Bialla stand russische Artillerie aufgefahren. Dicht gedrängt hielten ringsumher die Ulanen der Munitions- und Bagagekolonnen ... Die Pferde waren abgeschirrt ... Die Mannschaften lagen auf oder unter den Wagen. Langsam wanden sich die Dragoner durch den Knäuel. An der Hauptwache im Gerichtsgebäude hielt der Graf ... Er bog sich im Sattel vor und sah Wolf höhnisch an.

»Ich wollte Ihnen bloß noch sagen, dass Sie ein Narr sind, Ihr Leben für ein Mädchen aufs Spiel zu setzen, das von Ihnen nichts wissen will.«

Dann drehte er seinen Rappen auf der Hinterhand herum und ritt davon.

Die Dragoner führten Wolf ins Haus und lieferten ihn beim Wachthabenden ab.

»Ihr habt ja einen feinen Vogel gefangen!« rief der Unteroffizier lachend aus, »Komm' mit, du preußischer Hund. Ich werde dir eine feine Stube anweisen.«

Er schloss eine Zelle auf und ließ Wolf eintreten ... Hinter ihm schloss sich die schwere Tür.

Jetzt erst kam bei Wolf der Rückschlag ... Er warf sich auf den Schemel, legte die Ellbogen auf die Knie und schlug die Hände vors Gesicht. Ein flüchtiger Gedanke huschte voraus in die nächste Zukunft ... Der Graf hätte ihn doch sofort erschießen lassen können, ohne dass ein Hahn danach gekräht hätte. Wahrscheinlich wollte er ihn vor ein Kriegsgericht stellen und von dem aburteilen lassen ... Viel mehr wurmte ihn der Gedanke, dass Tolpiga der Züchtigung entgangen war.

24.

Frau Stutterheim, Christel und Hanna, die nach langem Zureden das Versteck verlassen hatte, saßen beim Frühstück und wunderten sich über Wolfs Verschwinden.

Er war, wie man durch Nachfragen auf dem Hof festgestellt hatte, ganz früh auf dem Groneberg nach Andreaswalde zu weg geritten.

»Er wird wohl zu dem Grafen geritten sein, um sich von ihm eine Bescheinigung über die Kriegslieferungen geben zu lassen«, meinte die Mutter. »Er könnte aber auch schon zu Hause sein.«

»Womöglich ist er weitergeritten nach Bialla ins Hauptquartier«, sagte Christel ... Hanna schwieg und wagte nicht, den Blick zu erheben ... Sie glaubte zu wissen, warum Wolf nach Andreaswalde geritten war.

Da öffnete sich die Tür, der Kämmerer trat ein ... Man sah es ihm deutlich an, dass er eine üble Botschaft brachte.

»Na, Klepka, was bringst du?«

»Ach, gnädige Frau, nichts Gutes. Unser junger Herr hat den Grafen mit der Reitpeitsche geschlagen. Da haben ihn die Russen gebunden und mitgeschleppt nach Bialla.«

Frau Stutterheim hatte unwillkürlich nach Christels Hand gefasst ... Nach einer Weile fragte sie mit ruhiger Stimme:

»Klepka, wer hat dir das gesagt?«

»Der Inspektor Brinkmann, gnädige Frau ... Er hat es selbst von weitem zugesehen.«

»Ich danke dir, Klepka, du wirst ja wohl wissen, was du heute mit den Leuten zu tun hast.«

»Jawohl, gnädige Frau.«

Langsam stand sie auf und ging mit festen Schritten zur Tür ... Christel, die ihr helfen wollte, wies sie mit einer Handbewegung zurück ... Traurig wandte Christel sich um ... Hanna war aufgestanden, alles Blut war aus ihrem Gesicht gewichen ...

»Schwester, sieh' mich nicht so vorwurfsvoll an, ich will wieder gutzumachen suchen, was ich verschuldet habe. Ich will ihnen nachlaufen. Ich will mich dem Grafen zu Füßen werfen, ihn anflehen. Er liebt mich. Er wird nicht so grausam sein«

»Du gehörst ins Bett und nicht auf die Straße«, erwiderte Christel heftig. »Du kannst nicht eine Dummheit durch eine noch größere wettmachen ... Geh', leg' dich auf mein Bett ... Erst muss ich nach der Tante sehen.«

»Ja, ja, sieh' nach der Tante«, sagte Hanna mit fliegender Hast, »ich werde gehen.«

Sie ging zur Tür hinaus.

Christel setzte sich in den nächsten Stuhl. Sie musste sich erst etwas Ruhe erkämpfen, ehe sie zu der Mutter ging, die um ihren Lieblingssohn trauerte ...

Jetzt löste sich die Spannung in ihrer Brust. Die Tränen liefen ihr die Wangen hinab und fielen ihr auf die Hände, die still im Schoß lagen ... Sie hörte die Tür zur Veranda gehen, aber der Ton drang nicht über die Schwelle ihres Bewusstseins.

Hanna hastete durch den Park, den Wiesenweg entlang ... Eine entsetzliche Angst verlieh ihr Kräfte und beflügelte ihren Fuß ... Am Eingang des Hauses kam ihr Brinkmann entgegen.

»Lieber, alter Brinkmann, wollen Sie mir helfen? Wollen Sie mich in einem Wagen nach Bialla begleiten?«

»Das könnte ich wohl«, erwiderte der Graubart bedächtig, »aber ich werde es nicht tun, Fräulein Hanna ... Sie können sich ja nicht mehr auf den Füßen halten, und was wollen Sie in Bialla?«

»Ich muss Wolf retten ... Ich muss den Grafen sprechen!«

Das letzte Wort kam schon ganz undeutlich heraus ... Brinkmann sprang zu und fing sie in den Armen auf.

... Frau Stutterheim hatte eine Weile still in ihrem Rollstuhl gesessen ... Ihr Herz bäumte sich gegen den Verstand auf, der ihr sagte, dass sie ihren Ältesten, ihren Liebling, nicht mehr lebend wiedersehen würde ... Ein tätlicher Angriff auf einen russischen Offizier vor seinen eigenen Truppen ... Ein Angriff, der eine tödliche Beleidigung für den Offizier war ... Da war auf keine Gnade, ja nicht einmal auf ein Urteil, das ihm wenigstens das Leben ließ, zu hoffen ... Ein bitteres Gefühl quoll in ihr auf gegen das Mädchen, das all dieses Unheil verschuldet hatte ... Dann kam ihr der Gedanke, ob Wolf nicht ein letztes Lebenszeichen für sie hinterlassen hätte ... Sie stand auf und ging in sein Zimmer ... Da leuchteten ihr vom Schreibtisch zwei Briefe entgegen ... Sie ließ sich in den Armstuhl nieder und griff nach dem Brief, der die Aufschrift trug: ›Für meine geliebte Mutter‹ ... Eine Weile hielt sie ihn in der Hand, ehe sie ihn öffnete.

Während sie las, kamen ihr die Tränen in die Augen. Mit einem wehmütigen Glücksgefühl las sie die liebevollen Abschiedsworte ihres tapferen Jungen ... Mit ruhiger Überlegung, mit vollem Bewusstsein der Gefahr hatte er den Schritt getan, zu dem ihn sein Pflichtgefühl als deutscher Mann trieb ... Eine Genugtuung kam über sie, dass er mit keiner Silbe seine Liebe zu Hanna als die Triebfeder seines Entschlusses bezeichnete ... Und dann kam die Nachschrift:

›Liebe Mutter, ich habe noch eine Bitte an Dich: Nimm Christel wie deine Tochter an dein Herz. Ich habe mich geprüft ... Die heiße Leidenschaft für Hanna ist tot. Eine ehrliche, tiefe Zuneigung zu Christel ist dafür in mein Herz eingezogen. Betrachte sie fortan als meine Braut, als Deine Tochter. In Liebe, Dein Wolf.‹

»Statt in sein Glück musste er in den Tod gehen, mein armer Junge ... Armes Mädel«, klagte sie leise, »auch vor die Pforte deines Lebensglücks hat sich ein unerbittlich grausames Schicksal gestellt.«

Da fühlte sie sich von zwei Armen umfasst, ein heißes Gesicht legte sich an ihre Wange:

»Tante, lass' mich bei dir sein ... Ich habe ihn auch geliebt.«

»Sag' nicht Tante, sag' Mutter auf mich. Da nimm den ersten und letzten Brief von ihm ... Du sollst mir fortan eine Tochter sein, ein heiliges Vermächtnis meines Sohnes.«

Die Stimme versagte ihr. Sie lehnte sich in den Stuhl zurück und schloss die Augen, während Christel las ... Ihr Gesicht war mit einer tiefen Röte übergossen. Ihre Augen leuchteten vor Stolz über den Mann, dem sie ihr Herz zu eigen gegeben hatte.

Lange saßen die Frauen still beisammen ... Wie viel Mal hatten sie schon abwechselnd beide Briefe durchgelesen, hundertmal hatten sie jede Möglichkeit, auch die unwahrscheinlichste, einer Rettung Wolfs durchgesprochen ... Langsam verging der Tag, ohne dass sie an die Bedürfnisse des täglichen Lebens gedacht hätten ... Da erscholl Pferdegetrappel auf dem Hof ...

Nach einer Weile kam ein fester Schritt durch das Wohnzimmer ... Eine laute, tiefe Stimme rief:

»Ist denn keine lebendige Seele hier im Haus?«

Christel ging zur Tür und öffnete ... Ein hochgewachsener, blonder Dragoneroffizier stand vor ihr, den sie nicht kannte.

»Rittmeister von Wegelein«, stellte er sich vor. »Darf ich um eine Auskunft bitten?«

»Gern, Herr Rittmeister.«

»Könnten Sie mir sagen, wohin die russischen Truppen, die hier gelegen haben, abgezogen sind?«

»So viel wir gehört haben, nach Bialla.«

»Danke. Ist denn hier kein Mann im Hause?«

»Nein, der Sohn des Hauses ist heute früh von den russischen Dragonern nach Bialla geschleppt worden.«

»Na, den werden wir heute Nacht befreien ... Darf ich Sie bitten, vorzumerken, dass ich das Gut als Quartier für meine Schwadron mit Beschlag belegt habe? Auf Wiedersehen.«

»Heil und Sieg«, rief ihm Christel nach.

Die Hoffnung in ihr war erwacht.

... Wolf war stundenlang in seinem Kerker umhergegangen, bis ihn die Abspannung auf die Pritsche warf ... In dumpfem Hindämmern, von bleierner Müdigkeit gequält, verbrachte er die Stunden ... Gegen Abend erwachte er und stand von seinem harten Lager auf ... Alle Knochen schmerzten ihn ... Er sah sich um. Die Schatten der Dämmerung waren bereits in das Gemach gekrochen. Hatte man ihn vergessen, oder waren womöglich die Russen durch einen Angriff deutscher Truppen verhindert, sein Schicksal zu erledigen? ... Er lauschte, ob er nicht etwa Schießen oder Kanonendonner hörte ... Nein, aber jetzt hörte er Wagen über das Steinpflaster rasseln ... Kein Zweifel, die Munitionskolonnen verließen den Markt.

Es wurde dunkler und zuletzt ganz finster in seiner Zelle ... Jetzt hörte er dicht vor seinem Fenster laute Kommandorufe, und gleich darauf das taktmäßige Marschieren einer Abteilung Soldaten ... Das konnte doch nur die Wache sein, die eben wegzog.

Er schob den Tisch ans Fenster und versuchte hinauszuspähen. In freudigem Schreck fuhr er zurück. Ein Kanonenschuss dröhnte so laut, dass die Scheibe vor seinem Gesicht erklirrte. Ein zweiter, ein dritter ... Jetzt Gewehrgeknatter. Ganz in der Nähe. In den Straßen der Stadt wurde gekämpft.

Er sprang vom Tisch und rüttelte an der Tür. Dann setzte er sich wieder auf den Schemel und horchte.

Da, jetzt ein brausendes Hurra aus deutschen Kehlen, ein paar einzelne Schüsse, ein eiliges Laufen. Er konnte sich nicht halten ... Er sprang auf, schwang seine Mütze und rief Hurra! Noch eine Stunde hatte er gesessen, da kamen Schritte den Korridor entlang ... Jemand schlug an die Türen und rief:

»Ist hier jemand drin?«

»Ja«, rief Wolf, »ein Deutscher, den die Russen eingesperrt haben.«

»Einen Augenblick Geduld«, erwiderte die Stimme, »wenn wir die Schlüssel nicht finden, schlagen wir die Tür ein ...«

Fünf Minuten später krachten heftige Schläge gegen die Tür, die das Schloss zerschmetterten. Er war frei ... Zwei bärtige Landsturmmänner standen freundlich lachend vor ihm:

»Na, da freuen Sie sich wohl, was?«

»Das will ich meinen. Ich habe stündlich erwartet, vor ein russisches Kriegsgericht gestellt zu werden.«

»Auf das Vergnügen müssen Sie diesmal schon verzichten«, erwiderte der Unteroffizier, der dazukam.

»Jetzt bekommen die Russen Keile, aber nicht zu knapp. Wissen Sie schon von Hindenburg und der großen Schlacht bei Tannenberg?«

»Nein, was ist dort passiert?«

»Was, Sie wissen das nicht? Die ganze Narewarmee haben wir in dreitägiger Schlacht vernichtet. Neunzigtausend Mann haben wir gefangen und ebenso viel, wenn nicht mehr, in die masurischen Seen und Sümpfe hineingejagt ...«

»Da muss ich Hurra schreien, ich kann mir nicht helfen.«

»Na, denn los. Eins, zwei, drei: Hurra!«

Und die vier Männer schrien Hurra, dass die Wände dröhnten.

... Zwischen Furcht und Hoffnung schwebend, saßen die beiden Frauen in Dalkowen abends am Tisch.

Ein Kanonendonner, der die Fenster klirren und die Türen aufspringen ließ, erschütterte das Haus ... Dann wurde es still ... Christel wiederholte unermüdlich jedes Mal in anderer Form und mit anderen Gründen, dass die Russen nicht mehr Zeit gehabt haben könnten, sich um die Gefangenen zu kümmern. Und die Mutter hörte mit stillem Lächeln zu. Auch in ihr war die Hoffnung erwacht ...

Da ging die Tür der Veranda, ein fester Schritt kam durch das Gartenzimmer ... Christel sprang auf, aber sie geriet nicht mehr zu sagen: »Das ist Wolf!« Da stand er auch schon in der Tür:

»Mutter!«

Ein Blick ihrer strahlenden Augen wies ihn zu Christel, die in holdseliger Verwirrung tief errötend die Augen senkte ... Mit ausgebreiteten Armen ging er auf sie zu:

»Christel, meine geliebte Braut!«

Wortlos barg sie das Gesicht an seiner Brust. Zu stillem Segen senkten sich die Hände der Mutter auf ihre Häupter.

Der Baron von Wegelein, der sich am nächsten Morgen mit seiner Schwadron in Dalkowen einquartierte, war noch nicht eine Stunde im Hause, als Wolf freudestrahlend zur Mutter hereintrat.

»Hurra, Mutter, ich bin wieder Soldat.«

Christel kam hereingestürzt.

»Wolf, ist das wahr?«

»Ja, freust du dich auch?«

»Ja, mein lieber Wolf. Wir freuen uns, dass dir dein Wunsch erfüllt wird, und dass du zur Verteidigung des Vaterlandes mitziehen darfst ... Aber wie ist das so schnell gekommen?«

»Der Baron hat mich durch seinen Karbolfähnrich untersuchen lassen. Ich bin kerngesund, und der Baron meint, ich bin ein Mann von Eisen ... Wer einen Trab von hier nach Bialla aushält, hat seine Kriegstüchtigkeit erwiesen ... Morgen soll's losgehen nach Lyck, wo wir die Russen rauswerfen werden ... Uniform, Säbel und Browning habe ich ja. Die liegen wohlverwahrt im Versteck unten.«

Als die erste Aufregung sich gelegt hatte, besprachen alle drei, was nun zu geschehen hätte ... Nach Westen, nach Johannisburg war jetzt der Weg frei ... Einige Kosakenpferde, von denen der Baron mit seiner Schwadron fast hundert erbeutet hatte, wollte er ihnen zur Verfügung; stellen ... Dann sollte alles, was noch von wagen vorhanden war, bespannt werden ... Auch die Leute sollten Dalkowen verlassen ... Hinter Styrlack hatte Wolf noch ein kleines Gütchen, Grünheide, das er vor einigen Jahren in der Zwangsversteigerung hatte übernehmen müssen ... Ein ziemlich geräumiges Wohnhaus war vorhanden ... Ein alter, verständiger Kämmerer führte die Wirtschaft ... Da würden sie Lebensmittel finden und in Sicherheit sein ... Auch die Andreaswalder konnten dort Unterschlupf finden, wenn sie es nicht vorzogen, die Heimat zu verlassen ...

Am anderen Morgen standen die Wagen angeschirrt auf dem Hof ... Für Mutter und Christel ein geschlossener Kutschwagen, den die Russen mitzunehmen vergessen hatten ... Für die Leute drei alte Leiterwagen, die man durch eifrige Arbeit soweit instand gesetzt hatte, dass sie die Reise aushalten konnten.

Auch die Dragoner standen zum Abmarsch bereit angetreten ... Die Offiziere hatten sich schon von den Damen verabschiedet ... Jetzt trat Wolf vor die Mutter und die Braut ... Wie schmuck er aussah, in der knappen, feldgrauen Uniform.

Er nahm den Helm ab und beugte sich über die Hand der Mutter ... Dann umfasste sie ihn und legte seinen Kopf an ihre Brust:

»Gott behüt' dich, mein geliebter Junge, und halte dich brav, wie es einem deutschen Soldaten zukommt ...«

Sie wandte sich ab und trat vor die Tür hinaus.

Eine Minute später schritt Wolf an ihr vorbei und schwang sich auf sein Pferd, das ein Dragoner ihm zuführte ... Noch einen kurzen Gruß, ein Kopfnicken, dann trabte die Schwadron an.

Eng umschlungen standen die beiden Frauen und sahen den Reitern nach. Freudiger Stolz leuchtete aus ihren Augen.

Ende

Erzählungen der Frühromantik

1799 schreibt Novalis seinen Heinrich von Ofterdingen und schafft mit der blauen Blume, nach der der Jüngling sich sehnt, das Symbol einer der wirkungsmächtigsten Epochen unseres Kulturkreises. Ricarda Huch wird dazu viel später bemerken:»Die blaue Blume ist aber das, was jeder sucht, ohne es selbst zu wissen, nenne man es nun Gott, Ewigkeit oder Liebe.«

Tieck Peter Lebrecht **Günderrode** Geschichte eines Braminen **Novalis** Heinrich von Ofterdingen **Schlegel** Lucinde **Jean Paul** Des Luftschiffers Giannozzo Seebuch **Novalis** Die Lehrlinge zu Sais
ISBN 978-3-8430-1878-4, 416 Seiten, 29,80 €

Erzählungen der Hochromantik

Zwischen 1804 und 1815 ist Heidelberg das intellektuelle Zentrum einer Bewegung, die sich von dort aus in der Welt verbreitet. Individuelles Erleben von Idylle und Harmonie, die Innerlichkeit der Seele sind die zentralen Themen der Hochromantik als Gegenbewegung zur von der Antike inspirierten Klassik und der vernunftgetriebenen Aufklärung.

Chamisso Adelberts Fabel **Jean Paul** Des Feldpredigers Schmelzle Reise nach Flätz **Brentano** Aus der Chronika eines fahrenden Schülers **Motte Fouqué** Undine **Arnim** Isabella von Ägypten **Chamisso** Peter Schlemihls wundersame Geschichte **Hoffmann** Der Sandmann **Hoffmann** Der goldne Topf
ISBN 978-3-8430-1879-1, 408 Seiten, 29,80 €

Erzählungen der Spätromantik

Im nach dem Wiener Kongress neugeordneten Europa entsteht seit 1815 große Literatur der Sehnsucht und der Melancholie. Die Schattenseiten der menschlichen Seele, Leidenschaft und die Hinwendung zum Religiösen sind die Themen der Spätromantik.

Brentano Die drei Nüsse **Brentano** Geschichte vom braven Kasperl und dem schönen Annerl **Hoffmann** Das steinerne Herz **Eichendorff** Das Marmorbild **Arnim** Die Majoratsherren **Hoffmann** Das Fräulein von Scuderi **Tieck** Die Gemälde **Hauff** Phantasien im Bremer Ratskeller **Hauff** Jud Süss **Eichendorff** Viel Lärmen um Nichts **Eichendorff** Die Glücksritter
ISBN 978-3-8430-1880-7, 440 Seiten, 29,80 €

Erzählungen aus dem Biedermeier

Biedermeier - das klingt in heutigen Ohren nach langweiligem Spießertum, nach geschmacklosen rosa Teetässchen in Wohnzimmern, die aussehen wie Puppenstuben und in denen es irgendwie nach »Omma« riecht.

Zu Recht. Aber nicht nur.

Biedermeier ist auch die Zeit einer zarten Literatur der Flucht ins Idyll, des Rückzuges ins private Glück und der Tugenden. Die Menschen im Europa nach Napoleon hatten die Nase voll von großen neuen Ideen, das aufstrebende Bürgertum forderte und entwickelte eine eigene Kunst und Kultur für sich, die unabhängig von feudaler Großmannssucht bestehen sollte.

Georg Büchner Lenz **Karl Gutzkow** Wally, die Zweiflerin **Annette von Droste-Hülshoff** Die Judenbuche **Friedrich Hebbel** Matteo **Jeremias Gotthelf** Elsi, die seltsame Magd **Georg Weerth** Fragment eines Romans **Franz Grillparzer** Der arme Spielmann **Eduard Mörike** Mozart auf der Reise nach Prag **Berthold Auerbach** Der Viereckig oder die amerikanische Kiste

ISBN 978-3-8430-1884-5, 444 Seiten, 29,80 €

Erzählungen aus dem Biedermeier II

Annette von Droste-Hülshoff Ledwina **Franz Grillparzer** Das Kloster bei Sendomir **Friedrich Hebbel** Schnock **Eduard Mörike** Der Schatz **Georg Weerth** Leben und Taten des berühmten Ritters Schnapphahnski **Jeremias Gotthelf** Das Erdbeerimareili **Berthold Auerbach** Lucifer

ISBN 978-3-8430-1885-2, 440 Seiten, 29,80 €

Erzählungen aus dem Biedermeier III

Eduard Mörike Lucie Gelmeroth **Annette von Droste-Hülshoff** Westfälische Schilderungen **Annette von Droste-Hülshoff** Bei uns zulande auf dem Lande **Berthold Auerbach** Brosi und Moni **Jeremias Gotthelf** Die schwarze Spinne **Friedrich Hebbel** Anna **Friedrich Hebbel** Die Kuh **Jeremias Gotthelf** Barthli der Korber **Berthold Auerbach** Barfüßele

ISBN 978-3-8430-1886-9, 452 Seiten, 29,80 €